Ⓢ新潮新書

百田尚樹
HYAKUTA Naoki

偽善者たちへ

836

新潮社

はじめに

この本は有料個人サイト「百田尚樹チャンネル」の会員向けに配信しているメールマガジンの文章に加筆・修正してまとめたものです。

二〇一五年からやっているそのサイトは月三回の生放送と動画配信がメインですが、それとは別に、毎週、「ニュースに一言」と題して、その週に起こった様々なニュースに対して、私なりの解説を加えた文章を会員の皆さんに配信しています。取り上げるニュースは、政治や経済のこともあれば、国際関係のこともあり、かと思えば、笑える三面記事もあれば、エロネタもありと、何でもありのごった煮です。毎週、原稿用紙にして十枚以上書いています。

限られた会員向けの文章ということで、肩の力を抜き、リラックスして書いていますが、一方で書きっぱなしの気楽さもあり、いつも以上に辛辣で毒舌が満載です。この文章を書くのが私の毎週の楽しみのひとつでもありました。

そんなある日、毎週このコラムを読んでいた新潮社の編集者が、「これを本にしませんか」と言ってきました。

「このコラムには、普段の百田さんの文章には見られない、不思議な味があります。寸鉄人を刺す鋭さがありながら、同時にユーモラスでもあり、深刻なニュースなのに、どこか笑ってしまう。でも、読み終えると深く考えさせられる、非常に面白いコラムです。これが会員しか読めない文章というのはもったいない」

そう言われれば、そんな気になってしまうのが作家の性です(編集者というのは作家を乗せるのが重要なテクニックのひとつです)。

で、読み直してみると、自分で言うのも何ですが、これがなかなか面白い。たしかにこのまま埋もれさせてしまうのは人類の損失かなとも思えてきました(笑)。

というわけで、おだてられて木に登るブタのように、新潮新書として出すことを決めましたが、問題はどの記事をセレクトするかです。これまで書いてきた記事はおよそ、千本! 原稿用紙に換算して約三千枚という量です。これは新書十冊分に相当します。またさきほど述べたように、記事の内容も様々です。

そこでこの本では、テーマを「偽善」ということに絞り、「社会」「政治」「国際」のニュースから、この国に蔓延する「偽善」や「偽物の正義」という観点で記事を選びました。おっと、今、書店でこのページをご覧になっている皆さん、「小難しい話は苦手だ」と思って、この本を棚に戻さないでください。

私が学者や記者のような堅苦しい文章を書くわけがないじゃありませんか。もともとはメルマガの会員を楽しませるために書いた文章です。どの文章も面白おかしく書いています。でも笑えるだけではありません。そこには必ず大事なエッセンスが入っています（と私は思っています）。なお記事の最後には、その記事を配信した日を記しています。

ところで、今回の本では落としましたが、政治や国際関係のニュース以外の記事も面白いものがたくさん眠っています。この本が売れたら、続編として出したいと思っています。

百田尚樹

二〇一九年十一月

偽善者たちへ ● 目次

第一章　薄っぺらい正義

TBSの偏向演出

TBSテレビのドラマで悪徳政治家がブルーリボンバッジをつけているという演出がありました。ブルーリボンは北朝鮮による拉致被害者たちを救出する祈りのシンボルです。それを悪徳政治家がつけているという演出は、「ブルーリボンをつけている政治家」に対する悪質なイメージ操作です。

当然のごとく、拉致被害者家族たちがTBSに抗議しました。「救う会」の西岡力会長は「ブルーリボンは人権侵害問題のシンボル。それを悪役につけるのは、日本人の人権が侵されていることに対してあまりにも無神経で、信じられない」と話しています。

TBSは以前から反日的な報道番組や情報番組を数多く流してきましたが、この演出が、ブルーリボンをつけている政治家のイメージダウンを狙ったものだとしたら、どうしようもないクズのテレビ局です。

しかしもっと呆れたことがあります。民主党の有田芳生議員がこの騒動について、ツイッターで、「ドラマの演出で問題議員がブルーリボンをつけていたことが批判され、抗議が続いている。差別主義の在特会もつけている。TBSは言論に対する圧力に屈してはならない」と書いたのです。

有田議員は「言論に対する圧力」という言葉を使いましたが、はたしてこの「抗議」が言論に対する圧力でしょうか。

北朝鮮という非道な国家が罪もない一般市民を拉致し、その救済を祈る人々が胸につけているブルーリボンを、わざわざ小道具として、ドラマの中の悪徳政治家の胸につけるというのは、許される表現なのでしょうか。ただの娯楽ドラマでそんな演出をする意味がどこにあるのでしょう。

繰り返しますが、今回の件は、TBSが拉致問題に関するネガティブなイメージ操作を行なったと言われても、言い訳できないような行為です。それに対して、拉致被害者の家族たちが抗議の声を上げるのは当然すぎるほど当然です。

その抗議を「言論に対する圧力」などという有田議員の頭の中はどうなっているのでしょうか。こういうのが国会議員をやっているのですから、本当に情けない思いがします。

（2015/09/11）

財務次官とテレビ朝日はどちらが悪いのか

先日来、国会では、財務省事務次官がテレビ朝日の女性記者に対して行なったセクハラ発言をたてに、野党は麻生大臣の首を取ろうと必死です。

「事務次官とは事務方のトップで、そんな重職にセクハラをするような人物を任命したのは腹切りに値する」との論調ですが、森友・加計問題での審議ストップといい、いい加減にしてもらいたいものです。新聞、週刊誌報道に「このネタは使えそうだ」と乗っかり騒ぎ立てる様は、まさに無責任なワイドショーと同じレベルです。

そもそも問題の事務次官が発した「おっぱい触らせて」という言葉は、それ自体はセクハラ発言と言えますが、二人がどういう関係性で、またどんな状況で言われたかによって解釈が百八十度変わります。大好きな彼氏が発したのならニコニコ喜ぶ嬉しい言葉でも、好きでもない男に言われると嫌悪感満載のセクハラ発言そのものになるからです。

今回は、女性記者がセクハラと訴えたのですから、セクハラで間違いないのですが、状況を詳しく知ると、事務次官だけが悪者にされるのにも少し違和感があります。女性記者は一年半ほど前から一対一の二人きりで複数回飲食を共にしながら取材を行ない、そのたびにセクハラを受けたと訴えています。ポイントは一度きりの会食ではないところです。次官も「なんだ、この女は。話があわん」なんて感じたら、二度と二人きりで会おうなんて思わないはずです。何度も飲食をともにしたということは、女性記者の方もHな会話にも絶対拒否の素振りは見せていなかったことが想像できます。

事務次官を擁護する気はさらさらありませんが、彼が「セクハラ行為はしていない」と言うのも、本人の中ではあながち嘘ではないのかも知れないという気がします。なぜなら目の前の相手が怒っていると思っていないどころか、楽しくお食事をしていたと感じていたのですから。

しかし、もう一度言います。セクハラはその文言ではなく受け手の感情で決まるのです。機嫌よく喋らせておいて、一転「セクハラだ」「パワハラだ」と騒ぎ出す、ある意味トラップともとれるこの手法を女性記者がとったのかどうかはわかりませんが、少なくともテレビ朝日側にその気があったことは間違いないでしょう。なぜなら、彼女の上司はセクハラの事実を知りながら、尚も取材続行の指示を出していたのですから。

本当にセクハラが由々しき問題だと思っていたのなら、少なくともテレビ朝日は彼女を担当から外すことぐらいはできたはずです。それをしなかったのは、事務次官に気に入られている彼女はまだ、利用価値があると考えたからでしょう。

女性記者を被害者だというのなら、日頃は正義の味方面して言いたい放題身勝手な正論を唱えておきながら、裏ではコンプライアンスのかけらもなく手段を選ばないマスコミも次官同様に糾弾されるべきです。

(2018/04/27)

野党の疑惑には目をつぶる

国民民主党の大西健介衆院議員が国会内を自由に行き来できる国会通行証を、秘書でもなんでもないコンサルタント会社の元役員に貸していたことがわかりました。しかもその相手が「霞が関ブローカー」と呼ばれ、文科省幹部が逮捕・起訴された汚職事件に絡み贈賄罪で起訴された人物だったから穏やかではありません。

国会内を移動するには警備上、通行証などが必要になります。私設秘書の場合は議員の業務を補佐するためとの判断から衆院や参院から発行されるのですが、今回の人物は議員業務に関係が無いばかりか、大西議員の話によると、一度しか会ったことがなく、まともに会話すらしたことのない人間だったというのですから、通行証の値打ちも随分と軽く見られたものです。

それではなぜ大西議員がそんな人物に通行証を貸与したのかと言うと、落選中だった民主党時代の同僚だった吉田統彦議員（現立憲民主党衆院議員）から「自分が貸すことが出来ないので代わりに段取りしてくれ」と頼まれたからというのですから、呆れた仲間意識です。

ブローカーが与えられた通行証を使って国会内を闊歩し、起訴された事件の伏線を張るなどしていたのかどうかは定かではありませんが、いずれにせよその資格が無い者に通行証が渡っていたことは大問題です。それなのになぜ大手メディアはこんな一大事を報道しないのでしょうか。もしこれが与党議員だったら、これでもかというくらい執拗に責め立てていたのでしょう。いつもながらメディアが野党議員に対する追及を控えているのは明らかで、その不公平な姿勢には嫌悪感を覚えます。

メディアの役目は「権力の監視」だという人がいます。政権与党に厳しい目を向けることも必要かもしれません。しかしその前にジャーナリズムの本質は、公正中立な真実を報道することのはずです。自分たちの意に沿うような印象操作を伴った報道を続けることは、自らの信頼をどんどん低下させることになるということにいい加減気付くべきです。

国民はメディアが考えてるほどバカではありません。

(2018/11/17)

メディアに見えていないこと

メディアや一部野党は自分たちが国民の目にどのように映っているのか考えたことがあるのでしょうか。

まさか、メディアの報道を信じて国民のほとんどが反政府だと思っているとしたら、とんでもない能天気です。一連の「モリカケ」「セクハラ」問題で大手メディアは競って内閣支持率の低下を報道しました。やれ四〇パーセントを切っただの、ひどい場合だと二〇パーセント台だの、まさに瀕死の印象を与えるものでした。各メディアは自社の調査が統計的に優位であることを必死にアピールしますが、二〇ポイント近くも差が出ていたら誤差の範囲とはとても言えません。つまり信頼性は相当に怪しいと見るしかありません。

しかし、先日の地上波テレビで「安倍総理は辞任すべきですか」の問いに対して「すべき」が四六パーセント、「すべきでない」が五四パーセントという今まで散々触れ回っていたものとまったく逆のアンケート結果がでてしまいました。

この番組は最初にスタジオで、安倍政権での問題点を取り上げてから、視聴者にリモコンボタンでの投票を呼びかける形式をとっていました。つまりアンケートをある方向にリードしようとしてなされたのは明らかです。ところがテレビ局が意図したものとは違う数字が出てしまったのでした。生放送だったため、局としては発表をやめることもできず、加工ナシの結果を放送する羽目になってしまったのでした。

しかし、これは当然の結果と言えます。なぜならばインターネットでのリアルタイム調査では安倍政権支持率は常に過半数を超えていたからです。ネットではダイレクトに答えが反映される為、そこに作為的な意思は入りません。それに対してメディアのものは都合の悪いものを排除したためサンプル数が数百という世論調査の結果までありました。日本の人口は一億二千万以上です。そのうちたった数百のサンプルだけをもってよく「世論」調査と言えたものです。

選挙では開票時刻の時報と同時に当確マークを出せるほど精度に自信のあるリサーチ

力を持ちながら正当に行使しない現代のマスコミなんて、真実を伝える報道機関ではなく国民を平気で騙して国を危うくする工作集団と同じです。

（2018/05/11）

大阪市長の英断

朝日新聞が社説で、アメリカ・サンフランシスコ市との姉妹都市提携を解消する意向を示した大阪市の吉村市長を批判しています。

吉村市長はサンフランシスコ市に地元の市民団体が設置した慰安婦像が寄贈されるとの情報をキャッチし、そんな日本人を貶めるようなものを韓国人団体と一緒になって認めることはやめていただきたいと要請していました。しかし、このたびサンフランシスコ市議会が慰安婦像を公共物として受け入れる決議をしたことに対して抗議の意思を示したのです。

朝日はせっかく育んできた市民交流を市長の一存で断ち切ることは許されないとの論調ですが、まともな日本人なら世界中に慰安婦像をバラまこうとしている韓国団体に強い嫌悪感を抱いているわけで、吉村市長に拍手こそすれ、文句を言う人はいないはずです。

像の碑文には「旧日本軍によって数十万人の女性が性奴隷にされた」「捕らわれの身のまま亡くなった」など、なんら事実に基づかない記述があり、これを放置することは韓国が主張する「慰安婦の強制連行」を日本が認めることにもなってしまうので、決して看過してはいけないのです。もちろんそんなことはまったくの事実無根です。

そもそも慰安婦問題は朝日新聞が報じた「吉田清治証言」が発端でした。この証言は後に大半が偽証、創作であったことが判明しています。朝日の誤報さえなければ戦後七十年以上経った現代に、慰安婦像で揉めることもなかったのです。朝日新聞こそすぐさまサンフランシスコに赴いて「この碑文の記述は、我々が流したガセネタが元になっています。すべてはなんら根拠のあるものではありません」と碑文の取り下げを申し入れるべきです。しかし朝日新聞はそれをせずして、毅然とした抗議行動にでた吉村市長を非難するなんて、恥知らずもいいところです。

友好とはお互いを尊重するところから始まります。慰安婦像とその碑文を見てサンフランシスコの人たちが日本人に親近感を抱くでしょうか。形だけの友好都市なんて何の価値もありません。

（2017/11/24）

オウム事件の反省は

テレビ史上最悪の失態の一つは、一九八九年におきた坂本弁護士一家殺害事件です。これは反オウム真理教派の弁護士、坂本堤さんがオウム真理教を批判しているインタビュー映像をTBSテレビが放送前にオウム真理教幹部に見せたことで、九日後の十一月四日に教団幹部六人が弁護士宅に押し入り、当時一歳の子供を含む一家三人を惨殺したものです。

TBSの失態はマスコミがどうあるべきかを問う大問題に発展しましたが、あれから約三十年が経過した今、その問題意識は若い局員にはまったく受け継がれずに、残念ながら放送局内でもすっかり過去の出来事となっている様子がうかがわれます。

というのも、まさにあの事件を想起させる失態をNHK札幌放送局がしでかしました。オウム真理教の流れをくむ宗教団体「アレフ」の取材をしていた同局放送部のディレクターが、誤って住民ら六人へインタビューした音声データの内容を知ることの出来るサイトのURLを、あろうことかアレフ本部広報にメールで送ってしまったのです。

札幌市白石区にはアレフで最大級の施設があり、この音声データは施設近くを通りかかった人らを取材した時に録音したもので、その中にはインタビューに答えた住民個人が特定される可能性のある内容も含まれていたそうです。

今回、インタビューに協力した人たちは、流出事故を聞いてどう思っているのでしょうか。もしかしたら自分も坂本弁護士と同じ目に遭うのではないかと不安な気持ちになっていることは想像に難くありません。同局は「事実関係を詳しく調べた上で厳正に対処する。あってはならないことで関係者の方には深くお詫び申し上げたい」と話していますが、いまさら謝られたところでどうしようもありません。

こうしたことがあると、日頃放送で言っている立派なことはどこまで本気なのか、疑いたくもなるというものです。


(2018/11/10)

テレビはオカルトを扱うな

世間では、オカルト的なものに騙されてしまう人が絶えません。

栃木県宇都宮市で七歳の男児が重い糖尿病を患っているのにもかかわらず、適切な治療を受けられずに死亡するという出来事がありました。いや、正確に言うと治療を止められてしまったのです。

これは六十歳の自称祈禱師で会社役員の男が、男児が糖尿病のためにインスリン注射が不可欠だということを知りながら、自身に特別な能力があると男児の両親に信じ込ませ、注射をさせずに呪文を唱えたり体を触るだけの行為を「治療」と称し行なっていたものです。

当然のことながらそんなもので治るはずもなく、男児は衰弱が進み、ついには死に到りました。この男は「悪霊をはらう報酬」などとして、両親から二百万円以上を受け取っていました。男児は病院で1型糖尿病と診断され、現在の医学ではインスリン注射が将来にわたって必要になることから、両親にしてみれば、まさに藁にもすがる思いだったのかもしれません。そんな気持ちに乗じて金を巻き上げ、挙句の果てに子供の命まで奪ってしまうとはとんでもない男です。警察は男を適切な治療を妨げたとして殺人容疑で逮捕しました。

たしかにこれだけ文明が発達した現代でも科学で解明できない不思議な現象は多々あります。親にしてみればおまじないでも言い伝えでもなんでも良いから、ただ子供の回復だけを願っていたに違いありません。今回の事件で、ご両親は息子の死を「最善を尽くしたが、如何ともし難かった寿命」と思って諦めることができるのでしょうか。それどころか、自分たちが騙されていたと気がついたときには、取り返しのつかないことをしたとして、きっと一生後悔することになるでしょう。子供の死と自責の念の二つの苦しみを背負うとしたらなんとも哀れな話です。

こうした怪しげな迷信を信じる環境を生みだすことを助長しているひとつがテレビ局です。民放は「オカルトや霊的なものが存在する」という前提で作った番組をよく放送しますが、私はその手のものを嫌悪しています。自分が構成している番組では絶対にやりませんでした。

科学では解明できない不思議な力を持っているという「怪しげな人物」を、テレビ局は面白おかしく使いますが、一挙に何百万人もの人が見るテレビの威力と影響力は凄まじいものがあります。大半の視聴者はシャレと思って見ていても、これを真実だと素直に信じてしまう愚かで善良な視聴者もなくないのです。悪徳新興宗教や今回の悪徳祈禱師たちは、そうした人たちを利用して金儲けをします。彼らにしてみれば、そうしたテレビ番組は最高の宣伝でしょう。いや、洗脳の手助けをしてくれている有難い存在とも言えます。

テレビ局は視聴率さえ取れれば何をしてもいい、というのは大変な間違いです。

（2015/12/04）

陸上競技と差別

現代は男女平等、あらゆることに性による差別があってはならない、とは言ってもやはり肉体の構造が違う以上、一定の区別は必要になります。風呂やトイレが分けられていたり、スポーツでも混合で競う競技が無いのはそのためです。唯一、馬術は男女混合で争いますが、これはスポーツといっても実際に動くのは馬で選手個々の体力差はあまり勝敗に影響しないと考えられているからです。その証拠に五十年近くオリンピックに出場し続ける選手がいるのも、加齢による体力の衰えを馬でカバーできているからです。

国際陸上競技連盟は、男性ホルモンの一種であるテストステロン値が高い女子選手の出場資格を制限する新たな規則を制定しました。人間の身体には男であっても女性ホルモンが、逆に女にも男性ホルモンが一定割合含まれています。今回は女子選手でありながら体力的に有利な男性の要素が強い選手を競技から排除しようというのです。この規則によって女子八〇〇メートルと一五〇〇メートルで圧倒的な強さを誇ってきた南アフリカのキャスター・セメンヤ選手は今後レースに出場できなくなる可能性が大きいそうです。彼女は戸籍上、完全な女性であるにも拘らず、筋肉質な体格、低い声などから

「本当は男ではないか」と疑いをかけられていました。見方によっては、これは究極の「セクハラ」です。

しかし、医学的な検査の結果、彼女はアンドロゲン過剰症で女性の平均値の三倍以上のテストステロンを分泌していることが判明しました。今回の決定はアンドロゲン過剰症であることを公表して以降、セメンヤ選手に勝つのは不可能だと不満を言っていたライバル選手の意向を汲んで彼女を狙い撃ちしたも同然です。

水泳の泳法、スキージャンプの板の長さなど、一部の選手の力が抜きん出た場合、ルールを改正することはあります。しかし、今回のように体質について改正なんて聞いたことがありません。陸連は投薬治療により通常レベルにまでテストステロン値を下げれば対象選手の出場を認めるといいますが、それってどうなんでしょう。今までは薬を飲んだらドーピングで引っかかって競技に参加できなくなっていたものが、今後は薬を飲まないと出場できないなんてどう考えても不自然です。これでは逆ドーピングと一緒です。薬物反対と叫んでいたあれはいったい何だったのでしょう。

多くの優れたアスリートは生まれつき恵まれた体格を持っています。瞬発力に優れた筋肉が多い者、持久力に優れた筋肉が多い者、あるいは反射神経が人並み以上に優れた者、背が高い者、手が長い者などは、競技によっては普通の人に比べて明らかに有利です。これらも平等ではないから矯正するべきと誰かが言い出せばどうなるのでしょうか。

（2018/05/04）

市民運動という名の暴力

沖縄タイムスが、元警察官で「警察ジャーナリスト」を名乗る男性の、辺野古基地建設用の土砂搬出現場を訪れた際の発言を伝えています。

彼は基地建設に反対する抗議「市民」を規制する機動隊員が、階級章を付けていないことに対し、「階級章を付けないのは内規違反だ。なぜ堂々と公務を執行しないのか、これでは誰が何をしているのか分からない」と疑問を投げかけたというのです。

仮にも現場を知っているはずの元警察官の発言とはとても思えません。現在、沖縄で基地反対派に対応する任務にあたっている機動隊員の中には、マスクとサングラスで顔がわからないようにしている人が多くみられます。なぜそんなことをする必要があるのかというと、言うまでもなく個人を特定されないためです。非番の日にスーパーマーケットで買い物をしていると、「〇〇警察の××さんですよね、幼稚園に通っている娘さんのことも、こちらはちゃんとわかっているんですよ」と脅迫まがいに声をかけられることがあるそうです。

隊員は「自分は自らの意思で日本の、日本国民のために働こうとしているのですからいいのですが、家族まで危険な目にあわせるわけにはいかない」と言います。それは当然です。警察官といえども職務を離れたら一市民です。公務を遂行することで危険な目にあうことは絶対にあってはなりません。マスクもサングラスも、個人が特定される階級章を外すこともすべては自己防衛のためです。内規違反云々の前に、そんなことをしなければならない現実に問題があるのは明らかでしょう。

警察幹部もそれらをふまえた上で、マスクとサングラスの着用を黙認しているのでしょう。また沖縄タイムスに証言したこの「警察ジャーナリスト」は、「市民」側が撮影した強制排除の動画を見て、「非暴力の市民運動に対して度が過ぎている、特別公務員暴行陵虐罪、傷害罪が受理されるまで何度でも告訴するべきだ」とも発言しています。

現実を知らないのに何も言うな、と言いたいところです。現在ではYouTubeなどで抗議「市民」の活動が少しも非暴力でないことは多くの国民の知るところとなっています。警察はおとなしく座り込みをしている市民をいきなりこん棒で殴った挙句、首根っこをつかまえ引きずり回して排除しているわけではありません。再三にわたる退去命令（これはもちろん法律にかなった命令で、なおも居座ることこそ違法行為）に従わず、暴れまわっている者を仕方なく強制排除しているだけです。文句を言う相手を完全に間違えています。活動家であるプロ市民側が自分たちに都合よく編集したビデオを観て、勝手なことを言わないでもらいたいものです。

左翼活動家の手先となり、後輩たちを貶める自称ジャーナリストにも呆れますが、それ以上にこんな悪徳市民運動の片棒を担ぐような記事を配信する新聞社には、金輪際報道機関を名乗って欲しくありません。

(2019/01/18)

暴言市長の問題

兵庫県明石市の市長が、二〇一七年六月に道路拡幅工事の為の立ち退き交渉が遅々として進まないことに腹を立て、交渉担当職員に対して「今日火をつけてこい。燃やしてしまえ」「損害賠償金を個人で負え」などの暴言を吐いた責任をとって辞職しました。一般の会社では上司が部下のミスを大声で叱責するだけでパワハラとされてしまう現代で、激昂のあまりとはいえ犯罪行為の指示ともとれる発言をした市長の意識の低さには呆れてしまいます。事態の収拾のためには辞職もやむなしとは思いますが、今回の一連の騒動にはいくつかの違和感を覚えます。

まず、市長の暴言をしっかりとおさえた録音の存在です。市の職員は日常的にボイスレコーダーを懐に忍ばせているのでしょうか。そしてそれがなぜ一年半以上経った今になって出てきたのでしょう。職員を守るためならさっさと問題化し改善を図るべきでしたが、そうしなかったのは今年四月末に迫った市長選挙で現市長の再選を望まない人たちが最もダメージを与えられる時期をずっと窺っていたと考えるのが自然でしょう。だとしたら選挙の駆け引きが優先されるくらいですから、今回の発言自体は市役所内部では大した問題と捉えられていなかったのかもしれません。

しかし反市長派の誤算は、市長が市民を第一に考えている言葉がいくつか録音に含まれていたことです。逆に市長人気がアップしてしまい、次回選挙での再選の可能性が大きくなってしまったのは皮肉なことでした。

そして私が暴言そのものよりも問題だと感じたのは、市役所の仕事の遅さです。拡幅工事により交通事故が多発していた道路の安全性を高めようとしているのに、それが七年以上も進展しないとなったら、市長より先に市民が怒るべきです。

そのあいだも交通事故は起きていたといいます。なによりも大切な市民の安全を守ることができない役所など、存在価値はありません。この市長の暴言問題が報道されるやいなや市役所には一斉に批判が殺到したそうです。最初に市長の汚い言葉ばかりがクローズアップされ繰り返し流されたからです。しかし、その後市長の市民ファーストの言葉があったことが伝えられると、一転して市長擁護が激増したといいます。

真実よりも面白おかしく報道することをよしとするマスコミの姿勢に問題がある事は勿論ですが、所詮抗議や批判なんていい加減なものだという見本です。

なにかにつけクレームをつけるのはごく限られた一部の人たちだとは思いますが、発言者の本意を探ろうともせず、聞きかじった内容だけで感情のおもむくままに抗議する、そんな無責任極まりない批判者こそ非難されるべきです。「知らなかった」「勘違いしていた」ですべては片付きません。

一度吐いた言葉が取り消せないのは市長も市民も同じです。

(2019/02/08)

明石市長の逆襲

二〇一九年三月十七日に投開票が行なわれた兵庫県明石市の市長選挙で、部下の市職員への暴言により辞職した前市長が再選されました。前項で述べた通り、辞任に追い込まれた市長の評価は一転し、世間は手のひらを返したように擁護に回りました。そして出直し選挙への出馬要請が沸きあがり立候補となるのですが、なにしろその決断が告示直前だったため準備が整わず、選挙戦中盤まで名前とメッセージだけで顔写真がない簡易ポスターしか貼れなかったということです。それだけでなく、市内全戸に配布される選挙公報は原稿が間に合わず掲載されないという、とてもまともな選挙とは思えない戦い方でした。

しかも彼は選挙期間中、当選後の政策や今までの実績を訴えることはせず、ただひたすら謝罪に徹していたそうで、市の未来を左右する市長選挙が本当にこれでいいのかという感じです。そしてその結果は、投票締め切りと同時に当確が打たれ、なんと得票率が七〇パーセントという圧勝でした。さすがに有権者ももう少し冷静に考えたほうがいいのではないでしょうか。

もちろん前市長は人口増や税収増の実績があり、それらを正当に評価して投票した人もいたとは思いますが、猫の目のように変わる世論の雰囲気に流されて投票した人も多かったように見受けられます。

選挙は好き嫌いの人気投票でないのはもちろん、同情や義理で投票先を選ぶものでもありません。同じ人間がその座に着くことになった今回の選挙結果を受けて、二月に辞任、三月に当選、四月に任期満了でまた選挙となることは市長の個人的都合による税金の無駄遣いではないかとの批判も一部にはあるようですが、それはあくまでも結果論であって、仮に四月まで辞任せず市長の座にしがみついていたら、その後の選挙はまた違った結果になっていたでしょう（※ちなみに、この文章を書いた後に行なわれた四月の選挙では対抗馬が出ず、市長は無投票で再選となりました）。

今回の出直し選挙で前市長を責めるのはお門違いです。責めるのなら偏った情報で市民をミスリードしたマスコミと、思慮浅くそれに乗った人々です。それにしても市長を陥れようとして録音をマスコミにリークし、市長の追い出しに成功したと喜んでいた職員はさぞかし地団太を踏んでいることでしょう。

（2019/03/22）

元号と反安倍

新しい元号が『令和』に決まりました。それと共にいよいよあと二十二日で平成ともお別れとなります。子供のころ明治生まれのお婆ちゃんを「明治、大正、昭和と三つの時代を生き抜いてきたんだ、すごい」と思っていましたが、今まさに自分が同じように昭和、平成、令和と生きることになるとは、感慨深いものがあります。

昭和から平成になった時、私は三十二歳でした。平成が三十一年ですから、これまでの人生のほぼ半分を平成時代で過ごしていることになります。

大東亜戦争によって甚大な痛手を受けた昭和に対し、平成の時代は戦争こそ起きなかったものの、オウム事件に代表される無差別殺人やテロ行為など、戦争とは別の人間の恐ろしさや愚かさが際立つ事件が多く発生しました。

さらに自然もまた日本列島を容赦なく襲いました。平成七年の阪神・淡路大震災では六千四百人を超える犠牲者を出し、これ以上の災害なんて絶対にありえないと思っていたところに、それを遥かに上回る一万八千人以上の死者行方不明者が出た平成二十三年の東日本大震災。楽しいこともちろんありましたが、なぜか辛いこと悲しいことが先に思い浮かぶのはそれだけ当時の衝撃が強かったからでしょう。

そんな平成も終わりを告げようとしているのです。それにしても今回の改元に際してのテレビをはじめとするメディアのお祭り騒ぎには呆れてしまいます。日々街ネタを探し回り、どうでもいいことに執拗にこだわるワイドショーはもちろん、バラエティーからはては報道番組まで次の元号は何になるのかばかりで、評論家やタレント、街の声など予想のオンパレードでした。

今回は時間的余裕があるだけでなく、天皇崩御による改元ではないので純粋な慶事としてここまで浮かれた側面もあるのでしょうが、やりすぎの感は否めません。

そして元号に「安」の字が含まれるのでは、などという噂が出回ると、一国の首相が自分の名前を元号にするなんてけしからん、とメディアは一斉に総理批判を始めました。「安」には「安心」「安全」の意味があり、とてもいい文字です。実際過去にも「安」の字は複数回使われています。しかしそれを使えば安倍総理がねじ込んだからだと考えるのは、何が何でも安倍総理を叩きたいという願望の現れに他なりません。

メディアの体たらくには本当に辟易した数週間でした。とにもかくにも元号も決まり、あとは皇位継承のときを待つばかりです。たぶん私にとって今回が最後となるであろう改元の時を、浮き足立つことなく粛々と迎えたいと思います。

(2019/04/08)

牽強付会

朝日新聞は五月三十日の社説で、「早く質問しろよ」と言った安倍総理大臣のヤジを非難しています。

時間が限られた国会質問の場で、質問もせずに貴重な時間を使って自らのパフォーマンスで延々とくだらない自説を述べる民主党の辻元清美衆議院議員に対しては、ヤジの一つも飛ばしたくなる安倍総理の気持ちはよくわかります。しかし、さすがに総理の立場としてはまずかったのも事実です。だから、その後、安倍総理はきちんと謝罪しています。

ただ、これを取り上げた朝日の社説で呆れたのは、辻元議員と安倍総理の関係を「口頭試問を受ける受験生と面接官のようなもの」と書いたことでした。

もちろん狡猾な朝日新聞編集委員は自分ではそんなことは書きません。例によって、都合のいいことを言ってくれる「識者」に代弁させているのです（今回は杉田敦・法政大学教授）。そしてその言葉をもらった朝日新聞は、「受験生が面接官にヤジを飛ばすことは許されない」という無茶苦茶な論理を展開しています。

ちょっと待ってください、と言いたい。辻元議員が面接官で安倍総理が受験生ですと？　どういう頭の回路でそういう喩えが生まれるのか理解ができません。

安倍総理が辻元議員の会社（組織）に入りたいというのでしょうか。それとも辻元議員は何かの試験を受けにきた安倍総理の合否を決める立場の権限がある面接官とでもいうつもりでしょうか。辻元議員はそんなにえらいのでしょうか。朝日新聞さん、何か大きな勘違いをしてやいませんか。

百歩譲って、その喩えに乗っかったとしても、限られた面接試験で、面接官が受験生に質問もせずに延々と自説を論じたらどうでしょう。それで口頭試問が成り立つのか。もしそんな面接官がいたら、「早く質問してください」と言う受験生がいたとしても不思議はありません。

杉田教授の喩えに飛びついた朝日ですが、論理を展開する前に、あまりにも幼稚な喩えに気づくべきでしょう。それに総理のヤジをそこまで糾弾するなら、野党のヤジも多少は非難したらどうなのでしょうか。

もっとも「安倍叩きはうちの社是です」と主筆が堂々と言う朝日新聞ですから、論理もクソもないのかもしれませんが。

(2015/06/15)

朝日新聞はアジビラになった

二〇一五年七月十二日、朝日新聞が天声人語でとんでもないことを書きました。

安保法制に反対するシールズとかいう共産党系の団体が主催するデモを大いに誉めそやしたあとに、評論家の柄谷行人の次の言葉を引用しています。

「人々が主催者である社会は、選挙によってではなく、デモによってもたらされる」

そして、その後に朝日新聞自らが「その流れは枯れることなく今に続く」と書いています。

いったい、これは何でしょう？　朝日新聞は民主主義を否定して、デモによって社会を変える道が正しいとでもいうのでしょうか？　信じられない文章です。

たとえ十万人のデモがあっても、それは民意と言えるのでしょうか？　もし、それが民意と言えるなら、歪んだ思想を持つ十万人の団体が日本を支配することも可能なはずです。ちなみに十万人というのは、一億二千万の〇・一パーセント以下です。日本がわずか〇・一パーセントの人たちによって動かされるなんて、許されるはずがありません。

また朝日新聞が否定するヘイトスピーチのデモだって、立派なデモです。仮に人種差別を掲げるグループが大規模なデモを行なった場合、朝日新聞はそれを容認すると言うのでしょうか？　まあ、もうむちゃくちゃです。

たしかに民主主義というのは難しいものです。現在、日本で行なわれている選挙制度による代議員制度も、完璧なものとは言えません。というか、完璧に民意を反映するシステムというのは、おそらく有り得ないのです。

現代の多くの先進国が行なっている選挙制度による民主主義は、人類が長い間かかって、やっと手に入れた「完璧ではないが、最も欠点の少ないシステム」です。しかし朝日新聞は、その選挙制度による民主主義を否定するような主張を「天声人語」で行なったのです。

まるでシールズの主張が正しく、そのデモがまさしく民意を正しく表し、そして「選挙ではなく」、デモによって社会を変えていくのが正しいとでも言うかのようです。

朝日新聞が社会の公器としての力を自ら放棄して、ただのアジビラに堕した瞬間だと思います。

（2015/07/17）

東京新聞も酷い

先週、東京新聞が呆れるような訂正記事を出しました。

それは二〇一二年に東京新聞が報じた「イラク特措法で派遣され、帰国後に自殺した隊員を十万人あたりに置き換えると陸自は三四五・五人で自衛隊全体の十倍、空自は一六六・七人で五倍になる」という記事は間違いであったというものです。

そもそも三年前の記事が信じられない誤報です。というか、明らかに悪意のある捏造記事と言ってもいいかもしれません。

その記事は広く拡散し、集団的自衛権や自衛隊の海外派遣の話が出るたびに、引き合いに出されました。自衛隊員たちはたとえ平和活動のためでも海外へ行けば、心を病んで、自殺してしまうのだ、という誤った考えを広く国民に知らせました。

そしてそれが十分に行き渡ってから、「実はそのデータは間違いでした」と、小さな訂正記事を載せる——こんなことが許されるなら、新聞は何だって書けます。

自分たちが貶めたい人物や組織に対して、でたらめなことを書き、そのことでその人物や組織を社会的に大いに傷つけた末に、あれは間違いでしたと小さく書く。これを大新聞にやられたら、どうしようもありません。国民には対抗するすべがないのです。

しかし日本の新聞は実はこういうことを何度もしています。その最も大きいケースが、朝日新聞の「吉田清治による朝鮮人女性を強制的に慰安婦にした」という証言をもとにした大誤報です。

この記事によって、日本という国と日本人の名誉がどれほど傷つけられたのかわかりません。その訂正記事が書かれたのは、三十二年後です。

三十二年！――まさに信じられない長い時間です。

まあ、それと比べれば、今回の東京新聞は三年で訂正記事を出したので、朝日の十倍はましと言えるかもしれませんが、どうしようもない新聞社であることは間違いありません。

(2015/07/17)

高校野球の偽善

全国高校野球選手権大会の出場校が続々と決まってきました。六月下旬の北海道、沖縄を皮切りに一ヶ月以上各地で熱戦が続いていますが、そのすべての試合結果は翌日の新聞にもれなく掲載される、まさに夏の風物詩と言ってもいいでしょう。しかし、過熱する報道の中には違和感を覚えるものも少なくありません。

『県内有数の進学校が甲子園常連の強豪撃破』『文武両道の公立校が大健闘』等々――。優勝して代表校となったあとに、学校の特徴を紹介するためならまだしも、地方予選の一試合の観戦記にそれはないでしょう。スポーツと勉強の両方を頑張っているのは素晴らしいことですが、それをことさら前面に押し出して言う必要があるのでしょうか。

野球の試合に学力テストの偏差値は関係ありません。速い球を投げたりボールを遠くへ飛ばす技術をより多くもっているほうが、こと野球の試合に関しては優れているのです。暗に野球の強い私立校を「野球バカ」のように見て、また進学校は野球が弱いと決め付けているからこそこんな見出しになるのでしょう。どちらに対しても失礼な表現です。

大人たちがなにかと理由付けをしてドラマチックに仕立て上げなくても、見る人すべてに十分に感動を与えられるのが高校野球です。野球に直接関係のない情報はただ蛇足なだけです。さらに最も懸念されるのは、今年は百回記念大会で主催者が新聞社ということもあり、連日紙面で煽りたいだけ煽っていますが、大会を最後まで無事に終えることができるのかということです。今年のこの猛暑の中で屋外での長時間の活動は極めて危険です。

気象ニュースで伝えられる気温と、甲子園球場のそれはまったく違います。公表されている最高気温は百葉箱の中に入っている温度計で計測した値です。百葉箱の設置には地面から一・二〜一・五メートルの高さ、直射日光や照り返しを受けない、風通しの良いところなどの基準があり、実際に生活している空間より低い値となるうえ、グラウンドには太陽光線を遮るものもなく、整備時に撒いた水も一瞬のうちに蒸発してしまうほどの暑さです。

多分、大会期間中は摂氏四十度を優に超える日が続くことになるでしょう。アルプススタンドの応援団も含め、いつ倒れる人がでてもおかしくない状況です。本当なら空調の効いたドーム球場を使えばいいのですが、球児たちにとってもやはり『甲子園』は特別な場所であり、簡単に変更は出来ないでしょう。

それではすべての試合をナイトゲームにするしかありません。サッカーのワールドカップでは夜中の三時の試合でも三〇パーセントの視聴率となる国民性ですからファンも遅いのは大丈夫でしょう。莫大な金銭の動くイベント『夏の甲子園』主催者としては、多少の無理をしてでも例年通り開催したいのでしょうが、「高校野球は教育の一環だ」と言うのなら、なによりも生徒の健康、安全を最優先するべきです。

(2018/07/27)

小学生と洗脳

新潟市の公立小学校教諭が、「安保法案に反対するビラ」を自分が担任する五年生の児童に配布していたことがわかりました。

この教諭は新潟市教職員組合で、組合員あての文書を配布する担当でした。今回は組合員あての文書を間違えて児童に配布した単なるケアレスミスだと説明していますが、冗談じゃありません。どうしたら児童への配布物にそんな物が紛れ込むのでしょうか。明らかに故意にやったと思われます。百歩譲ってそうではないとしても、そんな文書をまったく確認もせずに配布するなどという行為は、それだけで教師失格です。

私はこの教諭が安保法案に反対しているから文句を言っているのではありません。それは個人の考え方として自由ですから、おかしいとは思いますが強制はしません。しかし小学生にとって先生は絶対的な存在で、言うことは全部正解なのだと信じます。だからこそ教師は正しいことを教えなければならないのです。

子供には真実のみを伝えるべきで、そこに教師個人の思想・信条を入れてはいけません。無垢な子供たちの心と頭に、偏った思想を押し込むことがあってはなりません。もし、今回の件が意図的でないとするならば、この教諭は次に賛成するビラも作って配布し、児童たちに自由に考える場を提供するべきです。

（2015/09/25）

第二章　人権派という病

「土人」発言

沖縄で建設されている米軍北部訓練場のヘリパッドへの抗議活動参加者に対して大阪府警から応援に来ていた機動隊員が発した「土人」という言葉が大問題となっています。「土人」とは元来、土着民、原住民を指す普通の言葉でしたが、その中に「野蛮、未開」の意味合いが含まれるとみなされ、「差別的な言葉」と認識されるようになりました。

発言した隊員はすぐに帰阪を命じられ戒告処分を受けることになってしまいましたが、それにしても反対派の傍若無人ぶりには呆れるばかりです。工事車両の通行を妨げるためにバリケードを作ったり、一般車両をも巻き込んだ検問を実施するなど、やりたい放題です。なんの権限ももたない彼らのしているこれらの行動はれっきとした法律違反です。

反対派のこうした異常な行動がなければ、そもそも大阪から機動隊が派遣される必要もなかったのです。私は正当な市民運動を否定するつもりはありません。しかし、いま沖縄で起きているこの抗議活動には本当の市民の意思ではない、別の思惑があるように思えてならないのです。

今回のこの「土人」発言は、警備にあたる機動隊員と抗議活動家たちの、まさに一触即発の緊張感あふれる状況の中から飛び出したものです。活動家たちは黙っておとなしく工事を見張っているわけではなく、現場への立ち入りを防ぐためのフェンスを激しく揺らしたり、機動隊員たちに摑みかかったり、聞くに堪えない罵詈雑言を浴びせ続けたりしているのです。その中には隊員の家族に危害を加えると発言するなどの、個人に対する恫喝まがいのものも多く含まれています。

機動隊員も人間です。思わず感情的になることもあるでしょう。ただ、相手が暴言を吐いたからといって、警察官も暴言を吐いてもいいということにはなりません。耐えることも職務の一部だと考えなければならなかったのです。そのことを考えると、機動隊員たちは精神的に非常に苦しい環境にあるのがわかります。発言内容は不適切であったとしても、「厳しい状況下で任務を遂行している隊員たちを労いたい」と言った松井大阪府知事の考えはいたって当たり前だと思えます。挑発に乗って、つい間違った発言をしてしまっただけで、それまでの勤勉すべてを否定することはありません。

しかし大手メディアはこの発言を一斉に大批判しました。テレビは連日この映像を流すなど、まるで世紀の大事件のような扱いでした。「琉球新報」は、某有名東大教授のコラムを載せましたが、これがまたとんでもないもので、彼は「非暴力の闘争で最も大事なのは、どうすればこちらが暴力を使わずに、相手を挑発して暴力を使わせるか」という前提を述べた上で、（「土人」発言を引き出したのは）「大成功」と書いているのです。もう何をかいわんや、語るに落ちるとはこのことです。

それにしても、メディアはいま現場で起きていることを正しく伝えられているのでしょうか。背景を語らずして「土人」という一言だけを大きく取り上げて悪者扱いすることは到底フェアとは思えません。一方の発言だけを大々的に悪意を持って報道し、もう一方のそれには一切触れないというのは、報道機関の中に何か意図的なものがあるのだと感じざるを得ません。

ちなみに、ユーチューブには沖縄のプロ市民の無法ぶりを映した動画はいくらでもあります。ご興味のある方は、検索ワードに「沖縄」と入れ、その後に「活動家」「暴力」「無法」などの言葉を入れて検索すれば、うじゃうじゃ出てきます。どれもこれも正視に堪えない映像です。

（2016/10/28）

軍人差別

沖縄県宮古島市議会の石嶺香織市議が自身のフェイスブックに「海兵隊から訓練を受けた陸上自衛隊が宮古島に来たら、米軍が来なくても絶対に婦女暴行事件が起こる」（傍点著者）というとんでもない投稿をした件で、宮古島市議会は三月定例会で、石嶺市議に対する辞職勧告決議を賛成多数で可決したというニュースがありました。

それに対して石嶺市議は「私は市民に選ばれたのであって、議会に選ばれたのではない。よって辞職勧告は拒否する」という姿勢を見せているそうです。現在、石嶺市議の投稿は削除されているとはいえ、それは多くの非難を浴びたから削除したもので、本人の自主的な意思ではありません。

そもそも、アメリカ海兵隊の訓練と婦女暴行になんの関連性があるというのでしょう。この市議は訓練教科に「女の犯し方」などがあるとでも思っているのでしょうか。自衛隊員は災害時をはじめ、日夜、国民の安全を守るために命を懸けて働いているというのに、許しがたい侮辱発言です。しかも彼女は「絶対に起こる」とまで言ったのです。絶対とは一〇〇パーセントということです。

政治家の暴言失言は枚挙にいとまがありませんが、今回の暴言はウケ狙い、勘違いなどの訂正、謝罪で済む生易しいものではなく、発言者の本質から出てきた言い訳の一切できないものです。そして、それは議員の資質として明らかに問題があるものと言わざるを得ません。

大概、こういう場合、多数に非難されても一定数、擁護する意見も出てくるものですが、私の知る限りそれはなく、すべての人たちが彼女の発言に嫌悪感をもったようです。にもかかわらず、「私は市民に選ばれた」とのたまう厚顔ぶりには呆れてものが言えません。これ以上、宮古島の人たちだけでなく全国民の感情を逆なでしないうちに、とっとと辞めてもらいたいものです。

(2017/03/24)

(※その後、十月に行なわれた選挙で、石嶺議員は落選しました。市民にも選ばれなかったということです。)

朝鮮学校と拉致

神戸朝鮮高級学校の生徒が修学旅行で北朝鮮を訪れた際、日本に戻ってきた関西空港でお土産物を没収されたのは不当だとして、朝鮮総連が日本政府に対する抗議会見を開いたというニュースがありました。

世界的に周知されていることですが、現在、核実験などへの制裁措置として、北朝鮮からのすべての品は経済産業大臣の承認がないかぎり国内への持ち込み禁止になっており、今回の措置もそれに従っただけで何も文句を言われる筋合いはありません。

総連は「高校生のお土産まで取り上げるのは子供の人権を踏みにじっている」と言いますが、別に税関も高校生たちをいじめたくてやっているのではありません。北朝鮮以外の国からのお土産物ならいくらでもOKなのに、わざわざダメなところを選んで行っておきながら、思い通りにならないからと言いがかりを付けるほうがどうかしています。修学旅行とは学校を出て社会のルールを身をもって知ることも目的のひとつにあるはずです。逆に今回の税関の処置は、厳しい国際社会の決まりごとをよくぞ生徒に教えてくれたと感謝されてもいいぐらいです。

そもそも子供の人権云々というのなら、行きたくも無い国に無理やり連れて行かれ、何年たっても帰してもらえない日本の子供の人権はどうなるのでしょう。この事実を棚に上げた朝鮮総連のあまりにも身勝手な言い分には、呆れて開いた口が塞がりません。「朝鮮学校の生徒たちは日本で生まれ育っており、環境的には日本人の高校生となんら変わらない、それゆえ高校無償化の対象から外されているのもおかしい」

環境的に日本人となんら変わらないというのなら、日本人を拉致した国に怒りを持ってほしい。少なくとも普通の日本人には、そんな国に喜んで修学旅行に行く感覚はない、とあなたたちに言いたい。

日本人、いや世界中の普通の人間なら、「国家ぐるみの拉致」は鬼畜の所業と考えるものです。北朝鮮への修学旅行なんて、学校行事にかこつけた鬼畜の国への里帰りにほかなりません。そんな人たちには再び日本の土は踏んでもらいたくないのが正直な気持ちです。お土産に「拉致被害者」を連れ帰ってきてくれるのなら話は別ですけど。

（2018/07/06）

野球と愛国心

野球の世界一決定戦、ＷＢＣ（ワールドベースボールクラシック）がアメリカの初優勝で幕を閉じました。

第二回大会ぶりの世界一奪還をねらっていた日本は、優勝したアメリカに準決勝で惜敗し、ベスト4で涙を呑みました。準決勝以降はアメリカ本土での試合でしたが、「侍ジャパン」は第一ラウンド、第二ラウンドともに日本で行なわれたため、時差なしのテレビ中継で観戦することができました。視聴率一五パーセントを超えたら上出来といわれる現代で、それらの試合は軒並二〇パーセントオーバー、中には二五パーセントを超えたものもあったというから驚異的です。それだけ多くの国民が「侍ジャパン」の戦いに関心を持っていたのです。

野球にかぎらず、サッカーやラグビーなど、国際試合があるたびに、国中がひとつになり、「ニッポン！ニッポン！」と応援する瞬間は、普段は意識しない人でも自分の中の日本人としてのアイデンティティを感じるのではないでしょうか。

それにしても、スポーツにおいてはこれほどニッポン大好きな人たちが、どうして普段の生活では愛国心を表に出さないのか、いささか不思議です。元来、日本人は声高に主義主張を叫ぶことをよしとしていませんでした。腹の中にぐっと想いを溜めて行動あるのみの「不言実行」が美徳とされていたのです。

しかし、日本の目と鼻の先では日本本土に向けてのミサイルが配備され、南では怪しげな艦船が我が物顔で行き来している昨今、じっと指をくわえて見守るだけではいけないのです。

スポーツにルールがあるように、国際社会にも守るべき決まりごとは存在します。それを犯す国には毅然とした態度で抗議を行ない、是正させなければなりません。スポーツの試合なら負けても次の試合で頑張ればまた勝つこともできますが、国際社会においての負けは取り返すことのできないものとなります。

日本の国土と生活の安寧を守るためには我々国民は「観客」であってはいけないのです。一人ひとりがれっきとした「選手」であることを忘れてはいけません。

(2017/04/07)

人権と犯罪者

二〇一五年六月五日、大阪地裁は、警察が捜査対象者の車にＧＰＳ端末を令状なしの任意捜査で取り付けて行動を探る手法は違法捜査という判断をしました。この判断は、事務所侵入や車上荒らしを繰り返した被告の裁判で裁判長が示したものです。

警察は被告とグループのメンバーの車やバイクにＧＰＳ端末を装着して捜査したのですが、裁判長は「ラブホテルなど他人から見られたくない場所に行くのもばれてしまうから」という理由で、「プライバシーを侵害する重大な違法捜査」と判断し、それらの証拠を採用しなかったそうです。

一見、人権やプライバシーに配慮した、もっともな判断に見えるかもしれませんが、これってよく考えると、めちゃくちゃな論理です。

というのも、この論理に従えば、容疑者の尾行もできなくなるのです。尾行した容疑者がラブホテルやストリップ劇場に入れば、どうするのか。これだって、他人から見られたくないプライバシーを侵害する行為です。ＧＰＳ端末によって、容疑者の行方を追うことがダメなら、こっそり後を尾《つ》けて容疑者の行方を追うこともダメという理屈になってしまいます。

(2015/06/15)

さらに二〇一七年三月十五日、最高裁も、令状のないＧＰＳ捜査は違法という判決を出しました。この最高裁の判決以降、警察庁は即日、車両のＧＰＳ捜査を控えるよう、全都道府県警に指示を出しました。

警察はなにも疑いのない人たちにＧＰＳ端末なんか取り付けません。犯人逮捕のひとつの手段として極めて有効であろう、この捜査手法を封じ込める今回の判決は、事件解決の長期化、迷宮入り化に繋がりかねない極めて残念なものです。

新聞には今回の裁判の対象となった被告の談話が載っていました。「確かに僕は悪いことをした。でも警察だったら何をしても許されるのか。ルールを犯した事を正してくれてよかった」。盗人たけだけしいとは、このことです。自分が先にルールを破っておきながら、どの口が言うのでしょうか。

いまや街中に防犯カメラが設置されている事は周知の事実です。そしてそれにより多くの事件が早期解決に至っていることもまた知られています。一般市民の一日の行動のほとんどは、厳密にいえば既にカメラにより捕捉されているのです。

しかし、それに対して文句を言う人はまずいません。なぜならば大多数の市民は善良であり、なにも後ろ指さされるようなことをしていないからです。行動を把握されたところで、逮捕なんかされないので平気なのです。それに対して後ろめたいことをしている輩は、捕まるリスクが高まるので絶対にやめてほしいと願うのです。

ただ、かつては街中の防犯カメラの設置も「プライバシーの侵害にあたる」とか「監視社会にしてはいけない」という理由で反対した人権派の人たちがいました。

犯罪とは、他人の生命、精神を含む肉体、財産を脅かすものです。そんな、善良な市民の人権をおびやかすような悪人の人権が一般市民と同じように保障されていいはずはありません。個人の行動がGPSにより明らかにされることの不利益より、犯罪者を野放しにしておくことの方が、よほど公共の福祉にそぐわないものなのです。

そう考えると、「人権・プライバシー」という耳ざわりの良さげな言葉で、もっともらしく下した今回の判決が、とても市民感覚から離れていると感じるのは私だけではないはずです。

人権主義は犯罪者にとってどんどん有利な方に進んでいると言わざるをえません。

（2017/03/24）

防犯カメラと人権

大阪府高槻市で女子中学生の遺体が発見された事件の容疑者が逮捕されましたが、今回の逮捕に至るまでの捜査では防犯カメラが大活躍しました。

対象地域のカメラに不審な動きをする車両が映っており、それが容疑者の自動車だったわけです。あらためて防犯カメラの威力を見ました。

昔、町や店に防犯カメラを設置しようという動きがあったとき、人権派のジャーナリストや文化人がこぞって反対しました。

「監視社会になる」「プライバシーの侵害だ」というのが理由ですが、私に言わせれば、「人権病」にかかった発言としか思えません。

たしかに知らないうちに自分の姿が撮影されているのは気持ちのいいものではありませんが、水着を着ているところでもなく、お風呂に入っているところでもない、ただ通行しているところなど、別に撮影されてもどうということはありません。

歩いているところを撮影されて迷惑をこうむる人がいるとすれば、「犯罪者」以外にありません。つまり防犯カメラ設置に反対する人は、犯罪者を助ける行為をしているわけです。

防犯カメラによって犯人が判明して事件が解決したケースは数多くあると思います。私は今後もっと防犯カメラを町に設置するべきだと思います。

ところで、先日、ある会社経営者と話しているとき、警察から「防犯カメラの映像を見せてください」という依頼がこれまで三回あったという話を聞きました。カメラはその会社の防犯用に設置されているものですが、怪しい車が会社の前を通った可能性があるので、映像を確認させてほしいというものでした。

おそらくこんな風に全国の防犯カメラが人知れず活躍しているのでしょう。

最近のカメラの性能は素晴らしく、走る車のナンバーもわかるそうです。手に持ったお札が一万円札か千円札かも見分けることができるそうです。犯罪者たちはこの技術の進化を恨んでいることでしょう。彼らは心の中で密かに「人権派の人たち、頑張ってくれ！」とエールを送っているかもしれません。

(2015/08/28)

「少年A」と人権

かつて日本中を震撼させた「酒鬼薔薇事件」の犯人「少年A」が手記を出しました。

彼は現在三十二歳になっているといいます。

「少年A」に子供を殺された遺族は、「本の出版は自分たちの気持ちを踏みにじるもので、ただちに出版を中止してもらいたい」という声明を出しました。私は本を読んでいないので、内容に関してはコメントできないし、出版中止の是非も言えません。

ただ、ひとつ気になることがあります。この本の印税はどうなるのかということです。

普通、印税は著者である「少年A」のものになるのですが、私はそこに違和感を覚えてしまいます。二人の子供を殺し、そのことを綴った手記が売れて、犯人が金を手にするという構造に対して、です。

作家の勘で、この本は非常に売れる予感がします（私自身は購読するつもりはありませんが）。もしかしたら何十万部も売れるかもしれません。すると「少年A」には何千万円、あるいは億を超える印税を懐にする可能性があります。もちろんそうなっても、それは不正に手に入れた金ではありません。「少年A」が正規の手段で稼いだ金です。

しかし子供を殺された両親にとっては、犯人がそんな手段で大金を得たりすれば、心穏やかではいられないでしょう。

できれば印税はすべて被害者遺族への賠償に充てるか、あるいは犯罪被害者の人たちに寄付するかしたら、と個人的には思いますが、もちろん金はどう使おうが、「少年A」の自由。他人がどうこう言う筋合いではないのです。他人がとやかく言う権利はないと人権派弁護士は言うでしょう。

（2015/06/15）

九月十日発売の週刊誌は、「少年A」が、自身の公式ホームページを立ち上げたと報じました。

それによると「いろいろ思うところがあり、急遽ホームページを開設しました」「今後はこのホームページを基盤に情報発信をしていく所存です」と書かれた手紙が編集部に送られてきたといいます。

この元少年Aは六月に、被害者遺族に無断で『絶歌』というタイトルの手記を出版し物議を醸していました。ホームページには、元少年Aの身長や体重、出身地などのプロフィールや、本人とみられる顔が隠れた写真なども載っていたそうです。そのうえ『絶歌』について、「少年Aについて知りたければ、この一冊を読めば事足りる」などと宣伝とも受け取れる文章があったと言いますから、呆れてしまいます。

一方で、この期に及んでまだ「少年A」として本名を伏せ、写真では顔を隠すだなんて卑怯の極みです。出所したんだから罪は充分償ったとでも思っているのでしょうか。

今回のことが、どれだけ被害者遺族を傷つけることになるのかわかりません。その意味でも私はマスメディアに言いたいことがあります。「少年A」の自己顕示欲を満たすサポートのようなことはしないでもらいたい。雑誌や本を売りたいとか、テレビの視聴率を取りたいというあさましい目的で、安易に彼を取り上げないでもらいたいということです。
(2015/09/18)

警官と人権

二〇一五年八月十日の朝、群馬県のＪＲ新前橋駅前の交番に、包丁を持った男が押し入りました。警察官は包丁を手放すように警告しましたが、男が従わなかったため足に向けて拳銃を一発発砲し、直後に男は包丁を捨てて現行犯逮捕されました。

幸い撃った弾は外れ、男にケガはありませんでした。警察の調べに対し、男は「警官を殺すために包丁を持って交番に行った」と供述しているということです。

県警は、警官が身の危険を感じ、逃亡防止と逮捕のために発砲したとし、「適正妥当な拳銃使用と判断した」としています。警察官も常に危険と隣り合わせの大変な仕事だと思います。

今回のケースは警察官がターゲットになっています。逆恨みも買いやすい仕事だけに、警察官は常にしっかりとした安全対策をとるべきだと思います。

ところで、警察官が拳銃を使用した場合、新聞では毎回、「その使用は適切だったか」等のコメントがつけられ、批判的に報道されることが多いのが日本の新聞です。どうしようもない視点です。

私は、警察官が自身の身を守るためには、威嚇射撃ではなく犯人を撃ち殺してもいいと思っています。銃を撃つのをためらったために、怪我、あるいは最悪の場合命を落とすことがあってはなりません。

今回は威嚇射撃で相手が包丁を放したからいいものの、そのまま切りつけられていたら大怪我をしていたでしょう。威嚇射撃だけでは、場合によっては命取りになりかねないのです。

このニュースで奇妙なことは、男は、今年四月にも、群馬県のＪＲ高崎駅前の交番に包丁を持って押し入り、現行犯逮捕されていたということです。四ヶ月前にこんな事件を起こしていた男が、なぜ自由に町中にいるのか、わけがわかりません。

もしかしたら精神的な病を患っていたために逮捕しても公判を維持できないと判断して釈放したのかもしれませんが、こんな危険な人物を野放しにしておく法律とは何なのでしょう。

（2015/08/14）

（※その後、男は不起訴になった後、精神病院に戻りましたが、こんな男は二度と病院から出してはいけないと思います。）

犬と人権

千葉県で人に襲いかかっていた犬を駆けつけた警察官が射殺したというニュースがありました。くわしく読み進めていくとすごいことがわかりました。まず襲われていたのはこの犬の飼い主の男性（七十一歳）です。まさに「飼い犬に手をかまれる」です。

報道によると、警察官三名で合わせて十三発を発砲し、十三発目で犬が倒れたということです。体重二十キロの中型犬です。ライオンやトラではありません。一発でも当たったら、もう動けないか、闘争力をなくすはずです。相手は犬なので、威嚇射撃は無意味です。おそらく至近距離で撃ちまくったのでしょうが、十三発は撃ちすぎではないでしょうか。

詳しいことはわかりませんが、もしかしたら十三発目でやっと当たったのかもしれません。だとすると、その三人の警察官の射撃の腕前はかなりお粗末です。いくら素早く動き廻る犬相手とはいえ、三人かかって十三発も撃つなんて、もし映画でそんなシーンがあれば、観客はしらけてしまいます。

しかし私はそのことで警察官を責める気にはなりません。というのは、前にも書いたように、日本では警察官による拳銃の使用は相当に厳しく制約を受けているからです。凶悪犯を撃った場合でも、人権派の弁護士やジャーナリストが大騒ぎして抗議する国です。そして時には犯人を射殺した警察官を殺人罪で告訴したりもします。これでは警察官は簡単に拳銃を撃てなくなります。

おそらく警察官のほとんどは一生に一度も現場で銃を撃つことはないでしょう。いや、銃を抜くこともないでしょう。いざというときのための武器ですが、実際にはほぼ使われることがないのが現実です。警察官の日頃の訓練がどんなものかは知りませんが、拳銃の射撃訓練などそう頻繁には行なわれていないのではないでしょうか。聞くところによると、交番に勤務している現場の警察官は、一年に一度の射撃訓練、それ以外の警察官は二年に一度くらいということです。はたしてそれで危急のときに暴れる凶悪犯に対して、冷静に命中させることができるでしょうか。これは相当に難しいことと思います。一年に一度しかパットの練習をしていないゴルファーが、大金がかかったパットを入れることができるかと考えればわかりやすいと思います。

繰り返しますが、私は警察官の銃使用はどんどんやればいいと思います。少なくとも制止を聞かずに逃走した凶悪犯や殺人犯、あるいは警察官を襲う犯人に対しては躊躇なく拳銃を撃つべきだと思います。

ここまで書いていて、警官の銃というのは憲法九条の自衛隊に似ているなという気がしてきました。

自衛隊はすぐれた武器を装備していますが、これを実際に使うとなれば、大きなハードルがいくつもあります。「相手よりも先に攻撃してはならない」「相手の攻撃よりも大きな攻撃は行なってはならない」など、です。実際に敵国軍が攻撃してきた時、そんな判断は不可能です。相手が撃ってきた銃の弾の口径と数を調べて、それよりも同等か少ない抵抗をするなどということができるはずもありません。

市民の安全、国民の安全を守るためには、警察官、それに自衛隊員たちは躊躇なく武器を行使してください。そしてもちろん自らの身を守るときも同様です。（2015/09/18）

窃盗犯の権利

東京・台東区の眼鏡店が二十一万円分の眼鏡フレームを万引きされたとして、その様子が映った防犯カメラの映像を公開することに、賛否両論が沸き起こっているようです。

店側は現在、犯人と思われる男が映っている画像をモザイク処理したうえで店のホームページで公開しており、指定した日までに代金を支払うか商品を返却しなければ、モザイクを外し、人物が特定できるようにすると警告しています。

これに対して「万引きは立派な犯罪だ。公開は当たり前」「盗んだ奴が悪いのだから、なにも遠慮することはない」という賛成意見が寄せられる一方、「犯人にも人権がある、これはやりすぎ」「店にそんな権限はない、警察に任せるべき」などの反対意見が寄せられているそうです。

法律的には、「犯人の顔を晒す」という店の行為は問題が多いとの指摘だそうですが、店の立場は理解できます。この眼鏡店は個人経営の店のようで、二十一万円分もの商品がごっそり盗まれたのはかなりの痛手でしょう。このまま指をくわえて泣き寝入りするわけにはいかないのです。警察に被害届を出したところで、全国で毎日十二億円とも言われる万引き被害額からすると、優先順位的にも解決には相当な時間がかかるものと思われます。それを待っているうちに倒産したらすべてが終わりです。

私は心情的には、万引きする方が悪いのだし、弁償すれば許すと言って時間的猶予も与えているのだから、それでも対応しない犯人はどうなっても仕方がないと思いますが、その前提には画像の男が間違いなく犯人であるということが必要です。

万一冤罪であったなら、公開された画像は「間違ってました」では済みません。ネット上で永久に無実の人が犯人扱いされることになるのです。それだけは絶対にあってはいけません。

数年前にも、東京のおもちゃ店が希少価値のある人形を万引きした犯人のモザイク入り画像を公開したことがありました。その時は世間が大騒ぎとなり、警察が犯人検挙に動きだし、無事犯人を捕まえてモザイク消去には至りませんでした。

今回も、これだけ話題になってしまったら警察も動かざるを得なくなるでしょう。もしそれが本当の狙いだったとしたら、この店主はかなりの策士です。（2017/02/17）

前科と人権派

二〇一五年八月に大阪の寝屋川の中学生二人が車で拉致されて殺された事件がありましたが、その容疑者に同じような犯罪の前科があったことがわかりました。中学生に道を尋ねて車に乗せ、体を拘束して何時間も監禁し、卑猥な行為を行なったというものです。その事件で懲役十二年の刑を受け、出所した翌年に二人の中学生を殺害したのです。

現状日本で検挙された再犯者率は五〇パーセント近くあります。出所者が社会に受け入れてもらえないことが再犯の理由だと言う人もいますが、すんなり受け入れられないのは当たり前だろうと言いたいです。犯罪を犯して刑務所に入っていた人を、そうではない人と同じように接するのは難しいことです。新しい従業員を雇うのに、犯罪を犯した人とそうでない人が応募してきたら、普通は犯罪を犯していない人を採用するでしょう。厳しい言い方をしているかもしれませんが、これが現実です。

反社会的行為を行なったのは自分であり、その結果、疎外されたとしても再犯していいはずがありません。受け入れてもらえるまで、耐えて待つのが当然でしょう。文句があるなら最初から罪など犯さなければいいのです。

事件が発生して人権が語られるとき、往々にして被害者のそれではなく加害者のそれが中心となります。他人の人権を尊重しない者の人権をなぜ守らなければいけないのでしょうか。普通の人間なら犯罪はいけないことだとわかっています。だからそれを犯さないように注意したり、場合によっては我慢したりします。

他人の人権を脅かす者、犯罪者は社会に存在しては困るのです。人権派はすべての人に更正の機会をと言いますが、更正する者は一度で更生します。もっと言えばそもそも最初から犯罪なんかおこしません。その意味では再犯で捕まった犯罪者は、更生の意志なしと判断していいと思います。

少なくとも、人を殺したり他人の体に傷をつけたりした者が、再び同じ罪を犯した場合、死刑ないし終身刑でいいと私は思っています（日本の刑法には終身刑がありませんが）。

人には誰でも失敗や過ちはあります。過失の事件に関してはその限りではありません。しかし、人をナイフで刺しておいて「殺すつもりはなかった」は過失ではないということは言うまでもありません。


（2015/09/11）

受刑者と人権

岐阜刑務所に服役している六十歳の男性受刑者が「必要な量の『ちり紙』を支給しないのは虐待だ」として約千七百万円の損害賠償を求めて国を提訴したというニュースがありました。

この男性は当初、月に二千枚のちり紙を購入していたそうですが、二〇一四年からは半分の千枚に制限され、なおかつ今年三月からは不足分を十枚ずつ支給されるようになっていたそうです。三月には用便後、ちり紙が足りずに追加の三十枚を要請したのに対し十枚しか支給されず、仕方なく素手で拭いたといいます。またその際、三十枚にするか十枚にするか決まるまでの三十分間ほど下半身を露出したままの状態で待たされたらしいのです。

このニュースを見たとき、四十年近く昔の友人の話を思い出しました。彼は下宿アパートの和式共同トイレで用を足した後にトイレットペーパーがないことに気がつきました。大声で人を呼びましたがだれも気がついてくれません。パンツが汚れるのも困るし、手で拭くのはもっと嫌です。しゃがんだ姿勢から立ち上がることができなかった友人は思案の末、ウサギ跳びで部屋まで紙をとりに戻ったそうです。人間追い詰められるととんでもなく素晴らしいアイディアがひらめくものです。この受刑者はなぜ、そんなにちり紙が必要だったのかというと、本人は鼻炎と痔を患っていたためと言っています。痔が進行していくと、そのうちウォシュレットがないのは人権侵害だとか言い出すのではないでしょうか。

余談ですが、ウォシュレットはＴＯＴＯの商標で一般名称は温水洗浄便座といいます。同様にセロテープはニチバン、宅急便はヤマト運輸の商標です。一般的な呼び名はそれぞれ、セロハン粘着テープ、宅配便といいます。

ところで、なぜちり紙の支給枚数を制限しているのかはっきりとした理由は明らかになっていませんが、受刑者がちり紙を飲み込んで自殺を図ろうとするケースがあるためともいわれています。

そういう意味では確かにウォシュレットを設置してちり紙の支給をやめたら、その心配はなくなるのかもしれませんが、金がないためにウォシュレットのトイレを買うことができない人もいるのに、悪事を働いた囚人がウォシュレットで気分良く尻を拭いているというのは気分いい話ではありません。

（2015/10/09）

脱獄する権利

松山刑務所大井造船作業場から脱走した受刑者が、三週間以上の逃走の末、ようやく捕まりました。一時は潜伏先と見られる尾道市の島に多数の警察官が投入され、島から出る車はすべて厳しい検問を受ける物々しい事態となっていました。テレビでは元刑事を名乗る人物がもっともらしく逃走経路や隠れている場所を推理していましたが、なかなか捕まりませんでした。結果はテレビや評論家たちのまったくの見当違いで、島からはとっくに脱出しており、逮捕されたのは広島市内でした。

まあ、ワイドショーとしては島に潜伏しているという方がサスペンス的で、面白おかしく放送したかったのでしょうが、不安を煽られた島民にしたら大迷惑な話です。島には別荘や空家など常時人の住んでいない家も多かったようで、隣に脱走犯が隠れているかもしれないと思うとゆっくり寝られない毎日が続いていたことと思います。

島に平穏が戻ったのはなによりですが、いとも簡単に脱走できる現在の受刑システムは疑問です。この男が脱走した今治市の大井造船作業場は、受刑者と民間企業の社員が同じ場所で働くことになっており、そこには逃走防止用の高い塀や鉄条網はありません。そこでの作業が許されている受刑者は、模範囚の中でもさらに信用を得ている者で、決して逃げ出さない前提で働いていることになっているのです。

しかし模範囚といっても犯罪者です。普通の善良な市民とは違うのです。全面的に信用するのは甘すぎます。その証拠に彼は逃走中に窃盗や住居侵入の罪を重ねています。これのどこが「模範」なのでしょう。本当に改心していたのなら、二度と罪は犯さないはずです。そもそも脱走すること自体、彼の中の悪い虫は死んでいなかったのです。きっと、模範囚の評価を受けるため、大人しく猫を被っていたに過ぎません。実際この作業所では過去にも二十名ほどの脱走者が出ています。

受刑者にも人権があり、刑務所での過度な締め付けは社会復帰にマイナスだと言う意見もありますが、一般的な感情としては刑務所はあくまでも罰として入れられるところです。そこが快適であってはなりません。誰もが入りたくない場所でないと意味がないのです。

刑務所は更正施設であっていやな目にあわせる場所ではないというのは、せめて再犯率が一〇パーセントになってから言ってもらいたいものです。

(2018/05/11)

死刑囚とパンまつり

名古屋拘置所に収容されている男性死刑囚が、購入したパンに付いていた懸賞応募券の郵送を不許可とされたことで、精神的苦痛を被ったとして国を相手に賠償を求めていた裁判の控訴審判決が名古屋高等裁判所でありました。

その内容は、拘置所の不許可により応募期限が過ぎてしまい、せっかくの応募券がただの紙切れになってしまったことは精神的苦痛を生じるに十分だとして、国に二万二千五百円の支払いを命じるものでした。一審が却下した死刑囚の言い分を、高裁は認めたのです。

世界中に暮らすすべての人たちに「人権」が認められる事は当然です。しかし、それは一般社会において善良に暮らしている人たちが対象であって、悪事を働いて、それも死刑が確定している極悪人にまでその範囲を広げる必要はないと私は思います。死刑囚は他人の「人権」を最も踏みにじる行為をした犯罪者です。その犯罪には情状酌量の余地もないということで死刑を言い渡された人間です。つまり国家によって「生きる権利」は認められないとされた存在です。そんな男が「春のパンまつり」に参加できなかったくらいで、国に文句をつけるなんて言語道断です。

最近の刑務所は空調設備を完備したり、個室を増やすなど犯罪者の収監形態が以前と比べて格段に快適化していると聞きます。それもこれも犯罪者の「人権」への配慮が理由です。そもそも刑務所は誰もが入りたくない場所でなければならないのに、これでは逆効果です。衣食住が保障されている刑務所には餓死、凍死の心配がないので、年末になると一般社会でお金に困った人が、年を越すために刑務所に入りたいと犯罪に手を染める事件が毎年のように発生する、困った事態になっています。

犯罪者を収容する施設には予算がつけられています。その原資は言うまでもなく税金です。そんなものに税金を使われるなんて、真面目な納税者にとっては正直に言って迷惑な話です。今回の判決を聞いて、この死刑囚となんら関係のない私ですらこれだけ不愉快なのですから、彼の犯罪の被害者やその遺族の方たちの憤慨ぶりは想像に難くありません。刑事訴訟法第475条第2項に死刑はその確定から六ヶ月以内に執行しなければならないとあります。この死刑囚には、来年の「春のパンまつり」を待つことなく、即刻執行してもらい、被害者の怒り、悲しみを少しでも鎮めてもらいたいものです。

(2017/04/21)

死刑と人権

一般市民も参加する裁判員裁判制度が開始されて六年半が経過した、二〇一五年十二月、その判決によって確定した死刑が初めて執行されたとのニュースがありました。最初の死刑判決は二〇一〇年の十一月ですから、既に五年以上の歳月が流れています。なお今回執行されたのは二〇一一年六月の判決分で、初回の死刑囚はまだ執行されていません。現在の法律では死刑が確定してから六ヶ月以内に執行しなければならない決まりですが、ほとんど守られていないようです。

執行最終命令者は法務大臣ですが、二〇〇五年から二〇一五年までの十年間の法務大臣十八人のうち、ひとりの執行命令も下さなかった大臣が八人もいます。まあ十年で十八人ですからその在任期間は最長でも谷垣大臣の二十ヶ月で、一年以上が二人しかいないという困った状況では仕方がない部分もあるのかもしれません。しかし、大臣の中には堂々と「死刑反対」を宣言し、一切の執行命令を下さなかった者もいて、「職務を遂行する気がないのなら法務大臣になんかなるな」と世間の非難を浴びました。

死刑反対派は人の命を人間が奪うことは何があっても許されるものではないと言いますが、よく考えていただきたい。死刑判決を受けるにはそれ相当の理由があります。殺人を犯したなら死をもって償えと言っているのです。現在の死刑判決は基本的に被害者が複数いないと下されません。これもおかしなことです。ひとり殺せばそれはもう十分に死刑に値すると思うのは乱暴なのでしょうか。二〇〇六年に奈良の小一児童殺害事件で死刑判決が出た（その後、執行）のは極めて例外的なケースですが、私にはこれが普通のことと思えます。

なにかというと加害者にも人権があると言われますが、そもそも他人の人権を認めない者に人権を与える必要なんてありません。命を奪うということは最も被害者の人権をないがしろにしているということです。被害者遺族にしてみれば自らの手で仇をとりたいと思っても法治国家においてそれはできません。そんな遺族の思いを代行するものでなければ裁判の判決なんてなにも意味を為しません。

いま日本には百二十人以上の未執行死刑囚がいます。判決後の未執行期間が最も長い死刑囚は四十六年にもなります。

死刑制度は死刑執行がゴールであって、判決の確定で終わりではないとしっかり認識していただきたい。こんな状態がこれからも続くのであれば、私は死刑制度反対論者ではありませんが、死刑に代わる罰を定めてそれを確実に遂行するほうが、まだマシだと思います。

（2015/12/25）

暴行犯と知的障害

昨年十二月に大阪のＪＲ新今宮駅で、女性二人を線路に突き落として暴行の罪に問われていた二十八歳の朝鮮籍の男の判決が大阪地裁でありました。求刑懲役二年六月に対して出された判決は懲役二年六月、しかし執行猶予が四年付いていました。

裁判長は犯行については重大だとしつつも、軽度知的障害が影響しているとして、「社会で更正を図るのが適当」と判断したそうです。裁判の中でこの被告は、就職しても障害の為に長続きせず、四年ほど前からは無賃乗車で遠方に出かけては無銭飲食を繰り返していたことが明らかになっています。その挙句が突き落とし事件です。

精神障害をもっている人たちの罪が問われなかったり、軽減されたりすることは法律でも認められており分かるのですが、問題はそのあとです。無罪放免となって一般社会に戻ると、また同様の行動をとる可能性があることは容易に想像できます。

今回の裁判でも執行猶予で日常の暮らしに戻った被告が、また誰かを線路に突き落とすことは十分に考えられます。次はけが人だけでなく死者がでないとも限りません。それを防ぐ為には一定の施設で保護したり、外出時には必ず誰かが付き添って見張るなど、事件を未然に防ぐ手立ては絶対に必要です。

こんなことを言うと、やれ障害者差別や人権侵害だとまた言われるかもしれませんが、ならば逆に問いたいです。「あなたはいきなり線路に突き落とされて電車に轢かれても、加害者の人権のために文句ひとつ言わず笑っていられるのですか」と。

(2017/07/07)

過労死と人権

東大を卒業したての新入社員が長時間労働に耐えかね自殺に追い込まれたとして、雇い主の会社に東京労働局が労務状況の確認のための抜き打ち調査をすることになったというニュースがありました。この会社は日本を代表する超大手広告代理店で、新入社員がエリート美女ということもあり世間では大きな関心事となっているようです。

記事によりますと彼女の残業時間は多い月で百三十時間にもなったといいますから、単純に土日を除くと毎日六・五時間も余分に働いていたことになります。通常の九時―五時勤務が九時―十一時半勤務となり、それが毎日続くのですから心身ともに相当な疲労となったことでしょう。大きな夢と希望を持ち、世間が羨む高給の一流企業に就職したはずの娘を一年も経たないうちに自殺により失った親御さんの気持ちを考えると、なんともやりきれません。

拙著『鋼のメンタル』（新潮新書）の中でも書きましたが、どんな理由があろうと死ぬまで働くことはないのです。一番大切な命を守るための緊急避難として仕事を放棄することは、恥でも無責任でもありません。そこまで追い込んだ「ブラック」な企業に義理立てする必要はこれっぽっちもないのです。

そんなブラック企業があふれている「シャバ」に比べて刑務所内は天国のようです。受刑者の刑務作業時間は、ほとんどの刑務所で一般的な労働時間とされる一日八時間に達していないのです。大体七時間で、日によってはそれより短い場合もあるようです。その上、土日祝は完全に休みとなり当然残業や休日出勤もありません。

受刑者の中には「短い労働時間の中に休憩もたくさんあって、とても良心的な環境だ」という意見もあり、これでは一般社会で働くほうがまるで刑罰を受けているようです。

刑務所での労働は、規則正しい生活を送らせることにより、出所したときにスムーズに社会復帰ができることを目的としています。それなのに短時間労働に慣らされた受刑者がすんなり八時間労働なんて出来るはずはありません。

出所者を採用した企業からは「刑務所に入っていた人は通常の勤務時間労働に耐えられる集中力がない」などの意見も寄せられているそうですので、最低でも労働基準法で規定された一日八時間はしっかりと働かせるようにするべきです。

刑務所が「過ごしやすい場所」である必要はありません。そうじゃないと毎年、年の瀬になると、正月を暖かい部屋で過ごしたいという理由で犯罪をする者だけじゃなく、楽な仕事を探している「怠け者症候群」までが刑務所入所を希望することになってしまいます。

（2016/10/21）

少年と死刑

犯行当時十九歳だった死刑囚の死刑が執行されたことに対して、死刑廃止団体から批判の声が上がっているとのニュースがありました。この死刑囚は一九九二年に千葉県の会社役員宅で一家四人を殺害した罪で死刑が確定していました。判決は人を殺めたのなら相当の刑をもって償わなければなりませんので、死刑もやむなしとして出されたのでしょう。そして、死刑判決が確定したのなら死刑を執行するのが当然です。判決に対してならまだしも、その執行に対してまで文句を言うのは明らかに筋違いです。

執行をせずただ収監しているだけでは、死刑判決の意味がありません。今回の死刑囚も執行年齢は四十四歳です。犯行からすでに二十五年が経過しているのです。あまりにも時間がかかりすぎではないでしょうか。

それにしても反対論者は、なぜ凶悪犯にそこまで寛容になれるのか不思議です。罪を憎んで人を憎まずと、人権主義を掲げる自分に陶酔しているとしか思えません。その人権にしても加害者側のそれであって、被害者の人権や遺族の無念なんて一向に意に介していないのです。

ちなみにこの死刑囚の犯行の残虐さは言語に絶するものです。普通の人なら詳細を知るだけで、数日は気分が悪くなるほどのものです。ですから、ここでは敢えてその内容を記しません。興味のある人は「市川一家四人殺人事件」でネット検索してください。ただし体調を崩されても保証の限りではありません。

家族を理不尽に殺された人の無念は誰が晴らすのか。仇討ちが認められない代わりに、国が変わって晴らしましょうというのが、死刑という制度です。その精神は被害者感情に沿ったものであるべきなのです。そして制定された法律は、すべての国民が守らなければならないこともまた当然です。

（2018/01/05）

議員の息子

警視庁は住所不定、無職の二十二歳の男を小学生の女児に対する強制わいせつの疑いで再逮捕したと発表しました。

この男は現職の国会議員の長男で、過去にも数回、少女をねらった同様の事案で捕まっています。そのことにも呆れますが、同時に違和感を覚えるのは、無職はいいとして住所不定とはなんやねん、ということです。

国会で偉そうに質問している父親は、自分の息子が世間にこれだけ迷惑を掛け続けていることをいったいどう考えているのでしょうか。自宅に閉じ込めてしっかり監視せんかい！　と言いたくなります。成人した子供のこととはいえ、ひと様の大切なお嬢さんを毒牙にかけていることに知らんぷりはないでしょう。

このバカ息子が悪質なのは、今回の逮捕容疑は保釈中に起こしたものだということです。保釈ということは金を積んで出してもらっているのです。その金を誰が出したかは容易に想像できます。保釈金――言ってみれば金の力で極悪非道の悪魔を世に放った責任は大きいでしょう。それが国会議員だとすれば許せません。日ごろ、口先だけにしても「国民の皆さんのために……」と言うのは、最も身近なところで国民の安寧を脅かせている自身の遺伝子を受け継いだこのクズ男をなんとかしてからにしてもらいたいものです。

このようなことを書くと、また個人の人権をないがしろにする差別主義者だなんて呼ばれるのでしょうが、それでもあえて言いたい。性犯罪者、特に少女に対する異常性癖は容易には治らない。ならばどうするか。少女たちの生活圏から完全に排除するか、あるいはいつでも行動を完璧に捕捉し常に警察の監視下に置いておくくらいでないと、危なくてしかたがありません。はっきり言います。彼らは社会の敵です。反省しているから社会に戻しても大丈夫だろうなんて安易な考えは通用しないのです。

成人女性ですら心に大きな障害が残る性被害が、年端の行かないまだ十代前半の少女にとってどれ程の衝撃か、想像するだけでも怒りで身体が震えます。

(2018/07/13)

オウム真理教と人権

二〇一八年七月にオウム真理教関連事件の死刑囚十三人の刑が二回に分けて執行されました。一回で七人、二回で六人、一ヶ月に十三人とこれほど多数の執行は極めて異例であるとの批判もあるようですが、まったく意味がわかりません。

死刑判決が確定したものに対し、その刑を執行するのは当然で、十年以上執行していなかったことのほうがおかしいのです。死刑制度の是非と死刑執行は分けて論じるべきで、今回の執行は現制度の中で極めて真っ当なものです。人それぞれに考えがありますので、死刑反対論者が間違っているとは言いません。しっかりと議論することに異論もありませんが、現行の制度が決まっているのならそれを粛々と遂行していくのが民主主義の正義で、自分の考えと違うから認めないというのはただの駄々っ子に過ぎません。

死刑反対論者は冤罪がなくならない限り死刑は許されない、最高刑は無期懲役にすべきだと言いますが、それもおかしな論理です。もし本当に無実なら、わたしは懲役一日でもいやです。要はいかにして冤罪を起こさないようにするかが問題であって、刑の重さとは別問題です。

また、最も守られなければならない人間の命を、国家がその強大な権力を使って奪うことには大きな矛盾があるとも言われますが、仇討ちで恨みを晴らすこともできない被害者に代わって加害者を罰し、社会の秩序を維持するのは国の重要な役割です。

現代の判決では殺人罪以外で死刑になることはありません。しかも慣習的に一人殺したくらいでは死刑になりませんし、死刑になるような罪を犯す側の理論が、善良な市民のそれに優ることはあってはなりません。死刑反対論者は肯定論者を非人道的だ野蛮だといいますが、善良な市民のこれから先大きく広がるであろう未来を奪った者に対する罰が、死をもってして償って余りあると考えることがそれほど異常なものだとは私には到底思えません。

（2018/08/04）

幸福な受刑者

連日真冬日の厳しい寒さが続いている北海道で、住所不定無職の四十歳の男が器物損壊の疑いで逮捕されたというニュースがありました。この男は札幌市の住宅の駐車場にとめてあった乗用車のドアに、黒の油性ペンで直径十五センチほどのマル印を描き、その中に「S」という字を落書きしたのです。犯行後まもなく自首した男は取り調べに対して、素直に容疑を認めたそうですが、犯罪理由は驚いたことに、刑務所に入りたいというものだったのです。

実はこの男、別件で最近まで刑務所に入っていました。ようやく出所したのはいいものの住むところもなく、このままだと厳寒の中で行き倒れてしまうと考えたのでしょう。そして「刑務所なら暖もとれるし食べる物も貰える」と逆戻りを選んだのです。車に書いたSの字は彼自身のイニシャルで、確実に自分の犯行にするためだったといいますから、彼の決意は相当なものでした。

幸か不幸か私は刑務所に入った経験はありませんので よくわかりませんが、彼にとって刑務所は自由あふれるシャバよりよほどいい所だったようです。かつては網走刑務所に代表されるように劣悪な環境の中、獄死する罪人も数多くいましたが、最近では犯罪者の「人権」に配慮した結果、刑務所内の環境は随分と改善されています。各所共に暖房が完備され凍死することもなく「くさいメシ」と言われた食事も暖かいご飯になっています。さらに所内作業は土日休みの完全週休二日制と、ブラック企業に勤めるサラリーマンも羨む待遇です。

忘れていけないのはそれもこれもすべては税金を使ってやっているということです。本来更正させて社会に復帰させるための施設が、入りたいがために罪をつくるものとなっているなんてとんでもないことです。刑務所が居心地のいい場所であっては絶対にいけません。

今回は落書きという微罪でしたが、罪を犯すという意味では「死にたいが死ねないから」と死刑になるために無差別殺人をするのと根っこは同じです。

(2019/02/22)

給食と人権

先月、埼玉県北本市が市立中学で給食費を払わない子供の給食を停止する通知を保護者に出したことがわかりました。

「給食は出せませんから、弁当を持たせてください」という通知を出したようです。

早速、一部の人権派たちが「やりすぎだ」「払えない家庭を考慮すべきだ」と非難しています。

この問題には、学校側はずいぶん前から頭を抱えていて、給食費未納の家庭には担任教師が訪問し、生活が苦しければ給食費などが支給される就学援助の仕組みなども説明してきたと言います。また「一部だけでも納めてほしい」とお願いもしていました。それでも応じない未納の四十三人について、学校側は「払えるのに払わない」事例と判断しました。今回、「給食費を払ってくれないと給食を出しません」という通知を出した四十三家庭は、学校側が「払えるのに払わない」と判断した家庭です。

子供の給食費を払えるのに払わない親がいるなんて、と呆れますが、悲しいことにこういう人たちがいるのは現実です。本当におかしなことになってきていると思います。ルールやマナーを平気で破る、義務なんか知らん顔、という人が増えてきています。

罪のない子供に給食を出さないのはやりすぎだ、という意見もあります。しかし学校は彼らをいじめているわけではありません。むしろ子供たちをいじめているのは、「給食費を払えるのに払わない」親です。

報道によると、市内には四つの市立中学があり、四～六月だけで未納分が百八十万円にのぼったといいます。このままでは計画通りに食材購入ができなくなる恐れがあり、これ以上、「未納額が膨らむ前に手を打たないといけない」ということで出された処置ということです。

つまり、このまま未納額が増えると、食材の質が落ちたり、量が減ったりするということです。あるいは、給食費を値上げして、カバーするしかありません。

給食費を払わない親がいるために、真面目に給食費を払っている子供たちの給食の質が落ちたり、あるいは余分なお金を払わされたりすることは、どう考えても不合理です。社会的弱者を助けるのは当然です。そのために様々な社会保障の制度があります。しかし子供の給食費を払えるのに払わないという人は、もうどうしようもありません。

残念なのは、こういう社会的弱者を装った人を擁護する人権派の文化人がいるということです。彼らは偽善者です。

（2015/07/03）

教育委員会の偽善

秋田県教育委員会は来春から県立の高校、中学等で使用する教科書の採択手続きを行なったというニュースがありましたが、よく読むと驚くべきことが書かれていました。

なんと、教員らが絞り込んだ一社だけが書かれてきて、教育委員会は実際に教科書を読まずに「信頼する」としてすべて追認したというのです。教科書採択の権限は教育委員会にあると定められていますが、実際は何もしていないのです。というか、無審査なのです。

教育委員会によると、「すべての教科書を読んで理解するのは不可能」「各委員が個々の教科書を見ているというと嘘になる。上がってきた案を信頼して決を採るしかない」ということですが、まるで開き直っているとしか思えない発言です。

これでは教員らが自由に教科書を選べることになります。仮に日教組が強い県だと、彼らの意向に沿った教科書が無審査で選ばれるということです。もっとも教育委員会が偏向していたら意味がないのですが、そのこととは別に、教育委員会が教科書採択に関して教員に丸投げ状態はどう考えてもおかしいでしょう。これでは何のための教育委員会かわかりません。

教育は日本の未来にとって一番大事なものです。そのための教科書はいうまでもなく子供たちに大きな影響を与えるものです。子供たちを上質な教育で成長させていくことが大人の義務ではないのでしょうか。だからこそしっかりと中身を吟味してベストのものを選ぶべきなのに、これでは責任放棄と言われても仕方がありません。

どこかの国のように偏った教育はもってのほかですが、国を愛する精神もふくめた、知育・体育・徳育をしっかりと施してほしいと思います。

ちなみに文部科学省は四月に下部機関による絞込みを禁ずる通知をだしていますが、これも守られていなかったのです。

(2015/08/14)

トランスジェンダーと人権

アメリカ合衆国は人権意識の非常に強い国だとあらためて驚きました。彼らはどんなマイノリティーにも配慮を惜しみません。

二〇一五年夏、サンフランシスコの小学校が男女別のトイレの廃止という取り組みを始めました。これはトランスジェンダー(性別越境者)の人々のニーズを受け止めようという試みの一環だそうです。

校長の話によりますと、男女別トイレの廃止は、男女どちらの性にも合致しない児童がいることに対しての措置だそうで、「児童全員に安心感を持ってもらいたいだけではなく、全員が一様に平等であることを理解してもらいたい」とのことです。

今回の件は小学校ですが、アメリカではこの動きが活発化しており、大学を含め多くの学校で性別分けのないトイレが導入されているらしいのです。

私には完全にいきすぎた平等主義に見えます。

かつて落語家の月亭可朝さんが参議院議員選挙に立候補したとき、銭湯の男湯と女湯を隔てている壁を撤去することを公約に掲げました。結果はあえなく落選でしたが、現代のアメリカなら当選できたかもしれません。

(2015/09/18)

言葉狩り

ソフトバンクグループの孫正義会長兼社長が都内での講演で、視覚障害者のことを「めくらの人」と発言したことに対し謝罪したというニュースがありました。孫氏は「差別する意図は全くなかったものの、不適切な発言がありました。一部の方々に不快な思いをさせてしまいましたことを深くおわび申し上げます」とのコメントを出しましたが、その言葉にウソはないと思います。

現代でこそ差別用語という意識が浸透して使ってはいけないものとなっていますが、私が高校生のころ、つまり四十数年前までは一般名称として普通に口に出していました。

私とほぼ同年代の孫氏も多分同じだったと思います。しかし、そこに差別意識があったのかというとそうではありません。中には蔑むつもりで言っている人もいたでしょうが、多くの人はほかに適当な名詞がなかったので、特に意識せず使っていただけです。

めくらやつんぼやびっこは差別意識とは関係なく普通の言葉だったのです。しかしこれらの言葉には差別意識があるということで、やがて「○○障碍者」や「○○の不自由な人」との表現が定着することとなり、そういう単語を使う人はほとんどいなくなりました。

ところで、わたしは「障碍者」と正しく書きますが、新聞やテレビのテロップでは長らく「障害者」と書くのが普通でした。これは「碍」の字が常用漢字ではないので、「害」を当てたからです。しかし近年、この「害」の字が障碍者をバカにしているということで、「障がい者」と書くようになってきました。ものすごい気の使いようです。さらに一部では「障」の文字の「障る」というのは「害になる」「邪魔になる」という意味だから、使わないようにしようということで、「しょうがい者」と書くところも増えてきました。

「めくら」や「つんぼ」という言葉が駄目というわけで、「めくらめっぽう」「つんぼさじき」なども不適切だということで、テレビ業界では放送自粛用語となっています。「キチガイ」も駄目なので、熱狂的な阪神タイガースファンを表す「虎キチ」も駄目です。車マニアの「カーキチ」も囲碁好きの「碁キチ」もだめです。それらの言葉をテレビの生放送で出演者がうっかり発言すると、たちどころに抗議の電話が殺到し、アナウンサーが「さきほど不適切な発言がありました」と謝罪の言葉を述べることになります。ところが英語の「ブラインド」や「マッド」は大丈夫というのもおかしな話です。また「気が狂う」はだめなのに、「気がおかしくなる」はセーフです。それになぜか人気漫画「釣りキチ三平」は許されているのも不思議です。

大切なことは個人個人が差別意識をもたないことであって、言葉だけ整えても問題は解決しません。ハラスメントは受け手の感じ方で決まるものですが、ハゲを頭髪の不自由な人、ブスを顔面の不自由な人と呼ぶことの方がよほど悪意があると思うのは私だけでしょうか。

たしかに不特定多数の人々の前で話をするときには細心の注意をはらう必要があるのは当然です。しかし、ついうっかりは誰にでもあることです。即座に対応した今回の出来事を、さも大層なことのように取り上げたことに違和感を覚えたニュースでした。

（2017/07/28）

ゴミ屋敷と人権

京都市が五十代男性の自宅玄関前に積み上げられたゴミを行政代執行によって撤去したというニュースがありました。これは京都市右京区の四軒が連なる長屋で幅一メートルほどの玄関前通路にゴミを高さ二メートル以上積み上げ、近隣住民の通行を妨害したことに対して取られたもので、全国でも初めての措置だそうです。

近隣住民の中には車いすの高齢女性もおり緊急時の避難、移動が懸念されていました。この男性はゴミで自宅の玄関が塞がり、家の中に入ることができず、毎日夜になると寝場所を探して家を離れていたといいますからなんとも不思議な人です。

作業は午前十時から六人ほどの職員が約二時間かけて行い、軽トラック六台分のゴミを運び出しました。途中、作業の大変さを見かねた当の男性自身も手伝ったといいますから少しは片付けたい気持ちがあったのかもしれません。

ところで、京都市は六年前からこのゴミ屋敷の存在を認知していたそうです。しかし、私有地であることから手出しができず男性への説得のみを続けてきたといいます。それでも五年間、一向に改善されないため昨年十一月に代執行を可能にするいわゆる「ゴミ屋敷条例」を制定しました。

これでまわりの住民もやっと問題が解決すると思ったでしょうが「ゴミ屋敷条例」が施行されているにもかかわらず、なかなか着手せず相変わらず説得を続けるだけでした。その回数は一年間で六十回以上を数え、やっと今回の代執行となりました。

その事実だけを見ていると、行政のやることは頼りないふうに見えますが、私は行政がなかなか手出しができなかったのは、もしかしたら「人権派」弁護士や団体が怖かったからではないかという気もします。「人権派」の連中は、いつも公共の利便や近隣住民のことよりも、一人の「人権」を大切にします。特に相手が公権力や自治体などだったりすると、全力を挙げて「人権」を守ろうとします。もっともそれは私の考えすぎで、実際は京都市の怠慢だったかもしれません。

(2015/11/20)

セクハラのライン

働く女性のおよそ三割が職場での性的な嫌がらせ、所謂「セクハラ」を経験していることが国の初めての実態調査でわかったそうです。

三割という数字が多いのか少ないのかは微妙なところですが、その内容は「容姿や年齢、身体的特徴について話題にされた」「不必要に身体に触られた」「執拗に食事に誘われたり交際を求められた」など、セクハラという言葉が世の中に知れ渡った当初から一番分かりやすくアウトになる項目ばかりなのは、それだけ自然にでてしまう言動なのでしょう。

厄介なのはセクハラは受け手がどう感じるかだけで、セーフ、アウトが決まってしまうことです。「君はオッパイが大きいね」と言われたとしましょう。相手が大好きな彼氏なら「いやん、あなたってエッチねぇ」と喜ぶところですが、逆に嫌いなハゲ親父から言われたら、「なに、しょーもないことゆーとんじゃ。このド助平ハゲ。気色悪いんじゃ！」となってしまいます。

過去にセクハラと認定された中には「奇麗になったね」という言葉もあったと言います。そんな話を聞くと、もう何も言えません。職場で好かれていないと感じている男性諸君は、セクハラと言われないためには、もう一切なにも喋らないのが唯一の方法と言えるでしょう。

しかし、セクハラの被害者はなにも女性だけではありません。六十七歳の女性市議

（秋田県大館市）が市議会で、独身の男性である大館市長（四十八歳）に対し「未婚の市長とは議論できない。早く結婚を」と発言し懲罰を受けたそうです。市議は本会議で保育士不足について質問した際、市長に対し、「まだ結婚もしていないし、子供もいない。これでは同じ土俵で議論できない」「市長にはぜひ、この任期四年間の間に結婚してもらいたい」と発言しました。

市長にしたら大きなお世話だと思ったことでしょう。子供がいなければ保育について論じてはいけないということは、貧乏人は経済学者に、不細工な人は整形外科医になるなと言っていることと同じです。私のようなもてない男は恋愛小説を書くなと言うようなものです。

この市議は処分に対して、「悪意はなく、戒告は納得いかない」と話しているそうですが、ならば前段のオッパイ発言をしたハゲ親父のことも悪気がなかったんだからセクハラにはあたらないと弁護してくれるのでしょうか。

（2016/03/11）

その批判は嫉妬？

大手旅行会社が打ち出した「『東大美女図鑑の学生』が、あなたの隣に座って『現地まで楽しくフライトして』くれるキャンペーン！」が、発表直後にネット上で批判的な意見を多数受けたことにより中止に追い込まれました。

この企画は、キャンペーンに申し込んだ人たちの中から抽選で選ばれると、海外へ向かう機内で『東大美女図鑑』という写真集のモデルになった東京大学の女子学生が隣に座って訪問先の建築物や名所の解説をしたり、子供がいれば宿題などの勉強を手伝ってくれるというものでした。

批判の内容は「セクハラ・性差別ではないか」「学生はホステスではない」などというものだそうですが、それらの批判の言葉を見て「ああ、またか」と思いました。たしかにあまり上品とはいえない企画かもしれませんが、いやなら申し込まなければいいだけであって、寄ってたかって中止に追い込み、挙句の果てに旅行会社に「不快な思いをさせて申し訳ない」旨の謝罪文まで掲載させなければならないようなことなのでしょうか。

旅行には正規の添乗員も同行し、女子学生が危険な目に遭わないような配慮もちゃんと為されていたといいます。批判する人たちにとって、学生は旅行ガイドのアルバイトをしてはいけないのでしょうか。また、今回の企画がいけないというなら、ホテルのパーティー会場で出席者に飲み物や食べ物を用意する女子学生アルバイトもダメということになります。そもそも、クラブなどのホステスもダメということになります。

もし今回の批判の対象が「東大生」「美女」だからだとしたら、それこそただのやっかみからくる逆差別でしかありません。

（2016/05/27）

女性蔑視と人権

本音と建前を使い分けることは、大人としては常識なのかもしれませんが、本音でズバズバものを言う人の方が、なぜか信用出来るように感じることもあります。

埼玉県秩父市の七十歳の市議が先月、議会と市内の経営者らとの意見交換会で「いい女を求めるならば金を稼がないと」などと発言し、女性市議らから女性軽視と非難されているというニュースがありました。この市議は責任を取って市議会常任委員会である「まちづくり委員会」の委員長を辞任したそうです。女性市議たちは女が金目当てで男を選んでいるとの表現は女性をバカにしていると言いたかったようですが、なんだか言いがかりにしか感じられないのは私だけでしょうか。

高校生くらいまでの男の子のモテる条件は「カッコいい」「やさしい」「スポーツが上

手」「勉強ができる」などですが、これも結婚が現実的になる年頃になると様子が変わってきます。女性が伴侶に望む条件にはたいてい高収入がはいってきます。高学歴というのも安定した収入が期待できるという点では同じ意味かもしれません。

また結婚までいかないにしても、誰もが認める美男子でもないかぎり、お金持ちの方が絶対的にモテます。もちろん女性の考え方が一〇〇パーセントそうだとは言いませんが、一般論としては間違っていないはずです。その意味ではこの市議は決して見当違いなことを言っていないのです。それに、男の値打ちをお金で測る女性たちを軽視するつもりもなかったと思います。なぜならば、お金を得るためにはそれなりの努力も能力も必要で、女性はそこも含めて男性を選ぶものだからです。

そもそも誰だって、お金は無いより有る方がいいのは当然です。この会合には市議二十二人全員と経営者ら九人が参加していたそうです。市議は取材陣に「経営者に対して既存の事業の枠にとどまるのではなく、新しい事業を発展させるには強い気力が必要だとの思いで、発破をかける趣旨で言ったが、例えが不適切だった」と思い切り遠まわしの釈明をしました。ただ「頑張って事業が成功して、金儲けが出来たら女にモテるぞ」と言いたかっただけだと思いますが、公人である政治家だけにそうもいかなかったようです。

同情すべき点が多い今回の発言でしたが、そこは本音と建前、本音であればあるほど公の席では言葉を選ばなければならないことを市議が忘れていたことは残念でした。

（2017/09/22）

ペットと有給

現代においてペットが大切な家族の一員だということに異論を唱える人は少ないと思いますが、ペット保険を手がける会社がペットの忌引き休暇を正式に認めるようになったという、遂にここまできたかと思わせるニュースがありました。

これは三百人ほどの社員の約三分の一が犬か猫を飼っている会社で、以前からあった忌引き制度導入の要望に対応するものです。対象は犬猫を飼っている社員で、ペットが死んだことや火葬したことを証明する書類を会社に提出すれば、祖父母や兄弟と同じ最大三日間の忌引き休暇をとることができるそうなので、ペットは二親等並みの扱いです。

最近では犬にきれいな服を着せたり、自分たちより上等の肉を与えるなどまさに人間の子供並みの可愛がり方をする人たちも多く見かけます。この会社も「ペットを失う悲しみは家族と変わらない。家族を弔うのと同じようにお葬式などの時間にあててほしい」としています。今後は犬や猫以外にも対象を広げる方向で、既に社員からは「ウサギやハムスターも対象にしてほしい」という声もでているようです。

たしかに好きな動物は人それぞれで、犬や猫は嫌いだがハムスターは大好きという人もいるでしょう。そんな人にとってハムスターは犬猫と同じように可愛いペットであり大切な家族かもしれません。犬では認められるものがハムスターではダメと言われたら大いに不満でしょう。しかし、それもどこかで線引きをしなければ大変なことになってしまいます。

例えばセミが大好きな社員がセミをペットだと言い出したら大変です。セミの寿命は十日から二十日です。飼い主は夏の間中、しょっちゅう忌引きで休むことになってしまいます。そんなことになったら会社はたまったものではありません。

(2016/07/22)

体毛の問題

まさに夏真っ盛りの毎日ですが、街を行く女性のみなさんは肌の露出も多くなり、そのお手入れには随分と気を遣うことも多くなっていることでしょう。

日焼け対策は当然ながら、腕や足など外から見える部分の体毛をどうするかという悩みは洋の東西を問わずあるようです。

今、おしゃれ大国のフランスで「女性の体毛は剃らなくてもいい」運動が巻き起こっているというニュースがありました。これは十六歳の女子高生が学校で体毛を剃るのを拒んだところ嘲笑されたり、いじめを受けたりしたことに憤慨し、SNSに「お嬢様には毛がおあり」というハッシュタグを作成し問題提起をしたものです。

反響は非常に大きくフランスのトレンドランキングで一位になっているそうですが、毛を剃っていない腋や足の写真をツイッターに次々と投稿する賛成派や、逆に体毛を残した写真を「気持ち悪い」とけなしたり、こうした写真を投稿した人を「急進的フェミニスト」などと揶揄したりする反対派もいて、なかなか激しいバトルを繰り広げているようです。

日本では「女性のたしなみ」としてムダ毛を処理することが当然のような文化が長く続いています。しかし、一九八〇年代後半には腋毛をボーボーに生やしたままの女優が大人気になったこともありました。ということは自然のままが好きな男性も一定数存在するのも事実のようです。それにムダ毛と言っても人間の身体に無駄なものはないはずですので、本当は剃ってしまうことのほうがおかしいのかもしれません。ちなみに私が小学生のころは、おばちゃんもお姉ちゃんもたいてい腋毛を生やしていました。銭湯でこの目で見ていたから間違いありません。

現在では体毛の処理は女性のみならず男性もすることが普通になっているようで、特に若い男女は盛んに脱毛処理をしているようです。それも永久脱毛とやらの、ほぼ一生ツルツル状態を保つことができ再処理する手間が省ける技術を使うという念の入れようです。毛むくじゃらの山男が男らしさの象徴だった時代は、もうすっかり過去のものとなってしまったようです。

ところで件の彼女の主張は自分の体毛の扱い方を自由に選ぶことが認められるべきだというものだったのですが、そんなもの別に認めてもらわなくてもいいじゃないですか。ひっ捕まえられて無理やり剃られるならまだしも、誰になんと言われようが自分の毛ですから自分の好きなようにしたらいいのです。それにしても個の生き方を最優先する絶対的個人主義の国、フランスでさえこれだけ「こうあるべきだ」と論争が盛り上がるのはやはり「美」は永遠のテーマだからでしょうか。

しかし、まあ剃るだ剃らないだの、天然ツルツルの私から見れば、羨めるものがあるだけまだ贅沢な悩みだとしか思えません。

（2016/08/05）

子育ての価値

熊本市議会の定例会で、四十二歳の女性市議が生後七ヶ月の長男を抱いて議場に入場したため開会が四十分遅れたというニュースがありました。この市議は「子育て中の女性も活躍できる市議会であってほしかった」と説明していますが、議員や職員以外が議場に入ることが規則で禁じられていることを知らなかったわけではないでしょう。にもかかわらず、事前通告もなくルール違反を強行したのはただのスタンドプレーに過ぎません。

少子高齢化と女性の社会での活躍が叫ばれるようになった昨今、「働く女性の子育てのため」と言えば、なんでも世間の共感が得られると勘違いしているとしか思えません。結果的に長男は友人に預けられて議会は始まったのですから、あらゆる方策をとった挙句にどうしようもなく子連れでやって来たわけではないのです。

前日にでも友人に頼んでおけばこんなトラブルにはなっていませんでした。預けられた友人にしても、いきなりより、事前に連絡があったほうがよほど準備も出来ただろうにと、気の毒でなりません。

　この市議は出産した四月以降「出産後の体調不良」を理由に議会を欠席しており、本会議出席は約八ヶ月ぶりだったそうです。妊娠、出産を理由に女性が不利益を被ることはあってはなりませんが、今回のようにルールを逸脱したゴリ押しを続けていたら、いつまでたっても「だから、女は」という声は消えないでしょう。

　乳母車を押しながら駐車違反車両を取り締まるミニパトの婦人警官、幼児の手を引きながら乗客に飲み物サービスをするキャビンアテンダント、乳児を背負ったままランウェイを闊歩するファッションモデル。いくら子育て社会とは言ってもこれでは仕事になりません。なんでもかんでも子連れを認めることなんて現実には不可能なのです。議会にしても突然子供が泣き出し、「審議ストップ」なんてことは市民の利益を損なうことになるのです。さらに言えば、「我が家は俺が子育てしてるんだ」と主張する男性が同じようなことをし始めたらどうなるのでしょう。

　わがまま議員はそのうち、議員活動を維持するためだと言って、「政務活動費」をベビーシッター代に充てかねません。自分の要求を通す為に周囲を一切はばからない人たちは、それこそ泣き喚いて手に負えない乳幼児と同じです。


（2017/12/02）

黒塗りと差別

年末のテレビ番組でダウンタウンの浜田雅功さんが顔を黒く塗ったことに対して、日本在住の黒人男性が黒人蔑視だとクレームを唱えました。浜田さんはアメリカの警察官を演じるに当たり、映画「ビバリーヒルズ・コップ」でコミカルな演技を見せた黒人人気俳優エディ・マーフィーをイメージし、彼になりきろうとして黒塗りをしていたのです。そこには差別意識はもちろんなく、むしろリスペクトすらしていたようです。それを差別的だと一方的に言われたのですから、さぞ戸惑っていることだと思います。

指摘では顔を黒くすること（ブラックフェイス）は欧米では黒人差別と認識されており、日本もそれに倣う必要があるとしています。セクハラ、パワハラなどのハラスメントも受け手のとらえ方のみで、被害者加害者とされる時代です。嫌がる人がいるのなら、あえてそれをする必要はないのかもしれませんが、黒人に差別意識をもたない者としてはどうも釈然としません。

欧米ではアフリカ系黒人を奴隷として扱っていた時代があり、そこには明確な上下関係がありました。当然、白人が上、黒人が下です。虐げられていた黒人が解放されるためには、厳し過ぎるくらいの規制が必要だったことは理解できます。そのひとつにブラックフェイスもあったのでしょう。それだけ欧米における黒人差別は根が深いのでしょうが、二十一世紀の現代になっても取り立ててブラックフェイス云々と言う人たちは、未だ意識の中に上下（優劣）を持っているのだと思います。

頭髪を金色に染めたりカラーコンタクトで眼の色を変えても誰もなにも言いません。白人のマネは差別ではなく黒人のマネだけが差別というのは、明らかに黒人を「下」に見ているからです。何も言わずにただ笑っている多くの人たちの方が逆に差別意識がないのかも、とも感じてしまいます。

私も昨年、沖縄の講演で話した内容が中国・韓国を差別していると「沖縄タイムス」の記者から言いがかりをつけられ辟易した経験があります。この時、司会の我那覇真子さんとミニトークショーをしたのですが、内容は高江のヘリパット反対運動をしているテント村に行ったときの話です。「高江で何度も暴力行為を繰り返している活動家の多くは、県外だけじゃなく中国や韓国からも来ている」という我那覇さんの説明を受けた私は、「怖いなあ」とひとこと言いました。ところが、「沖縄タイムス」の記者はそのひとことが「中国人と韓国人に対するヘイトだ」と主張し、講演の後、三十分にわたって抗議を続けました。私は中国人や韓国人に対するヘイトではないと丁寧に説明しましたが、記者は聞く耳を持ちませんでした。

私はその言動、考え方を批判することはあっても、国籍や出自から存在そのものを差別するようなことはしていないつもりです。同じ日本人に対して犯罪や道理に反することには憤りや嫌悪感を覚えるように、外国人に対しても同様なだけです。

件の記者と話していて気付いたことがありました。それは記者の心の中に、中国人や韓国人に対する差別意識があるということです。彼の中で「中国人や韓国人は差別される存在である」という概念があるため、中国・韓国という言葉を聞くだけで異常に反応し、「差別だ！」と糾弾したくなるというものですが、彼自身にその自覚はありません。

ブラックフェイスに怒る人たちもまた、自分たちの中に実は差別意識があるという認識はありません。

(2018/01/12)

大相撲協会のバカ

大相撲の舞鶴巡業で挨拶に立った市長がくも膜下出血により土俵上で倒れた際、救護にあたった女性看護師に対し、「女性の方は土俵から降りてください」というアナウンスが再三にわたり繰り返されたことに非難が集まっています。

相撲界には「神聖な」土俵に女は上げないという伝統があり、理由の如何を問わず一切の女性を土俵から排除しようとしたのです。いろいろな分野でその世界だけの伝統やしきたりがあります。それはそれで尊重されるべきだとは思いますが、それも時と場合によります。今回のように何よりも優先されるべき人命にかかわる一大事の時に、伝統もくそもありません。

市長が一命を取り止めることができたのも、女性看護師の適切な処置が大きかったと言われています。それに対していち早く市長のもとに駆け寄った男たちはどうだったでしょう。どうしていいかわからず、ただ周りを取り囲んでおろおろするばかりでした。その瞬間「神聖な」土俵上にいるのに誰が一番ふさわしかったのかは言うまでもありません。

巡業の勧進元や相撲協会は、とってつけたように謝罪ならびに感謝を表明しましたが、当の女性は「当然のことをしただけだから」と身元を明らかにすることを固辞しているそうです。彼女のこの態度も私は極めて賢明な判断だと思います。これだけ大騒動になってしまっては、女性が特定されると多くのマスコミがそこに殺到し、平穏な日常をぶち壊されてしまうからです。せっかくの善行で嫌な想いをする必要はありません。

それにしてもこの女性の行動力には頭が下がります。多くの観客がいるなかで緊急時、そう咄嗟に身体を動かせるものではありません。私はこの歳になり、他人の役に立つことが出来ることはつくづく素晴らしいことだと思うようになりました。そして救命は究極の人助けです。自分が出来ないことをやってのけたこの女性を羨ましくも感じます。

私もいつかそんな場面で人の役に立ちたいと思っていますが、そんな機会は滅多にありません。

「機内に急病の方がいます。どなたか医療関係者はいらっしゃいませんか」はあっても、「機内に退屈な方がいます。どなたかオモロイ話をする人はいらっしゃいませんか」というアナウンスがないのが非常に残念です。

(2018/04/13)

女子大学とLGBT

お茶の水女子大学が、戸籍上は男性でも自身の性別が女性だと認識しているトランスジェンダーの学生を二〇二〇年度から受け入れる方針を明らかにしたというニュースがありました。お茶の水女子大は奈良女子大とともに国内に二校だけある国立の女子大学で、今回の決定は私立女子大を含めて初めてのケースとして注目されています。

　元々人類の性は外見も内面も「男」と「女」しかないとされていましたが、現代では身体の性、心の性と分けられ、一見しただけで、周りが勝手に性別を決めるのはいけないことという風潮になっています。いくら髭モジャなオッサンの見た目をしていても、本人が「わたしは女よ」と言えばそれを尊重しなければならないのです。大概、心が女性ならば女の園に入ってもさほど違和感のない学生が来るのでしょうが、全員がそうとも限りません。

　また自己申告だけでOKならば、どうしても女子大に入りたい、心が「男の中の男」の男性が入学を希望することもあるでしょう。性別適合手術という身体も自らが望むものに変えることができる方法はありますが、そのためには莫大な費用がかかるなど問題点も多く、誰でも受けられるわけではないのが現実です。入学審査をどのようにするのか興味深いところです。

　そもそも女子大は、かつて大学に進学するのがほとんど男性だけだった時代に、女子にも高い教育をうける機会を与えようということで生まれた背景があります。しかし現代では多くの女子が普通に大学進学するようになり、その役目も終わっています。前述のように国立の女子大は二校ありますが、「男子大」はありません。これは逆の意味で差別ともいえます。電車の女性専用車両とはわけが違うのです。

「戸籍上の性別が男性でありながら、（目に見えない）心が女性」という学生を女子大が受け入れようとするからいろいろとややこしいのであって、いちばん手っ取り早い解決策は、お茶の水女子大が共学になればいいだけの話です。

（2018/07/06）

大坂選手の政治利用

女子テニスの大坂なおみ選手が全豪オープンを制しました。これで昨年九月の全米オープンに続き四大大会二連勝です。あわせて世界ランキングも一位となり名実共にいま、世界でもっとも強い女子テニスプレーヤーになりました。

日本中がこの快挙に沸く中、つまらないことを言うやつがいたものです。毎日新聞客員編集委員でもある大学教授（武士の情けで名前を伏せます）が、現在アメリカと日本の二重国籍をもつ大坂選手について、「大坂なおみの国籍選択の期限が来る。五輪もあるし、多分米国籍を選択すると思うが、そのときの日本人の失望はすごいだろうな。政権が倒れるぞ、下手すると。マスコミも困るだろうな。どうする諸君」とツイートしたのです。

いったい何を言いたいのか皆目わかりません。大坂選手の国籍と現政権になんの関連があるというのでしょう。多分、政府を攻める材料を探していたところでの国民注目の選手の活躍に、これは使えると考えたのでしょうが、無理やりにもほどがあり、ここまでアホだともう何を言っても無駄です。

大坂選手は試合に臨むにあたり自らの意志で「ＪＡＰＡＮ」を選んだ、そして日本人はそんな彼女を精一杯応援した。ただそれだけです。日本が大嫌いであろう彼にとって、日本中が盛り上がっているのが不愉快で仕方がないのでしょうが、もし仮に今後、国籍を一国に決める際、アメリカ国籍を選んだとしても彼女が優れたプレイヤーであることに変わりはなく、また彼女のルーツに日本があることも変わりません。そうなっても多くの日本人は今回同様、彼女を応援することでしょう。

今回の快挙に大坂選手の父親の出身地、カリブ海の島国ハイチでも歓声が上がっているそうです。地元のネットメディアはハイチ系日本人が女子の世界ランキング一位となったと速報し、地元民は「ハイチ人の多くが一緒にお祝いしたい気分だと思う。オーストラリアの人たちにもハイチのことを知ってもらえたのではないか」と極東の小さな島国の国籍であっても自分たちと同じ血が流れている大坂選手に親近感を抱き純粋に喜んでいるといいます。彼女の活躍は一つの国だけでなく日本、ハイチそしてアメリカの国民をも喜ばすものでした。

スポーツの素晴らしさに政治を絡めるのは愚の骨頂です。国籍でなんだかんだ言いたいのなら国民を代表する国会議員でありながら、二重国籍でどこの国の人だかわからない議員をなんとかする方が先でしょう。多くの国民もそう思っているはずです。そしてなによりも問題なのは、こんな貧相な発想しかできない偏屈な人が大学教授でございますと大手を振って未来ある青年たちを教育していることです。

(2019/02/02)

(※ところで、二〇一九年十月に大坂選手は日本国籍を選択する手続きに入りました。彼女を応援する日本人として、とても嬉しいニュースですが、毎日新聞の客員編集委員は歯がみして悔しがったことでしょう。)

反天皇判事

名古屋家庭裁判所の五十五歳の男性判事が「反天皇制」を謳う団体の集会に複数回参加し、譲位や皇室行事に批判的な言動を繰り返していたというニュースがありました。

この判事は少なくとも十年前から反戦団体でも活動しており、各地の集会に参加しては、自身の主張を繰り返し発言していたそうです。たとえば、新天皇、皇后両陛下がご臨席のもと今年六月に愛知県で開催される予定の全国植樹祭について「代替わり後、地方での初めての大きな天皇イベントになるので、批判的に考察していきたい」、天皇制については「天皇制要りません、迷惑です、いい加減にしてくださいという意思表示の一つ一つが天皇制を掘り崩し、葬り去ることにつながる」「世襲の君主がいろいろな動きをする制度は、やっぱり理不尽、不合理、弱い立場のものを圧迫する」などの持論をペンネームで展開していたそうです。

個人がどんな主義主張を持とうが自由ですが、自身の出す判決ひとつで一般市民の生活を大きく変えることのできる裁判官となればそうもいきません。裁判官の衣装、法衣が黒い理由は、黒色はどの色と混ぜても黒のまま変わらないことから「誰の意見にも左右されず、中立の立場を貫いて判断する」という意思を表しているからです。それが極端に凝り固まった主張を掲げる集団と接しているだけでなく、中心となって発信しているのですから、こんな判事に裁かれる人は堪ったもんではありません。さらに彼は集会に集まった一部メンバーには裁判官の身分を明かしていたともみられ、これは裁判所法が禁じる「裁判官の積極的政治運動」に抵触する可能性もあります。法の番人のなかでも最も中心に位置する裁判官が法を犯すなんて、絶対にあってはならないことでそれだけで判事失格です。

もう一度言います。どんな主義主張を持とうがそれは個人の自由です。彼にも自身の思うとおりに行動する権利は当然あります。しかし、その前提にさっさと裁判官を辞める必要があるというだけです。

(2019/03/15)

第三章　平和という麻酔

自衛隊を違憲と叫ぶべし

衆議院の憲法審査会で、憲法学者三人が「集団的自衛権の行使を認めるのは憲法違反だ」という見解を示したことで、朝日新聞はじめ左翼系新聞は大喜びです。

たしかに法律を厳密に解釈すれば「憲法違反」でしょう。憲法九条には「交戦権は放棄する」と書かれているのだから。

しかし朝日新聞をはじめとする左翼系ジャーナリストたちに聞きたい。ではあなたたちは「集団的自衛権」を放棄したいのか、と。日本がどこかの国に侵略されたとき、それを同盟国に助けてもらうようにするシステムを作るのは嫌なのか、と。

同盟とは、互いに困ったときに助け合おうという目的で作られるものです。自分のところが危なくなったら助けてもらいたいが、仲間が危なくなっても助けないというのでは、他国と同盟を結ぶなど不可能になります。「集団的自衛権」に反対する人は、そういう都合のいい関係を築きたいと言っているわけです。

もちろんリスクはあります。もし同盟国が侵略されたら、それを助けるために我が国も戦争に巻き込まれるかもしれません。それはたしかにリスクでしょう。しかし我が国が他国に侵略される可能性もあります。そのとき、どこにも助けてもらえないという状況もリスクの一つです。つまり、どちらのリスクを取るかという問題なのです。

現在、中国は尖閣を取ると宣言し、連日、領海侵犯を繰り返しています。この四十年で、中国はベトナムの島を奪い、フィリピンの島を奪ってきました。いずれもアメリカ軍がいなくなったあとに奪っているのです。

尖閣にアメリカ軍が出てこないと判断すれば、中国は一〇〇パーセント、尖閣を奪うでしょう。そして次に目標とするのは沖縄です。実際、中国は「本来、沖縄は中国のものだ」と公言しています。こういう危機的状況で、憲法違反かどうかの学術論争をしてどうなる、と言いたくなります。

世に学者バカという言葉があります。そういう愚かな学者たちは、現実よりも学問的な整合性を何よりも重視する。

かつて古代ギリシャの哲学者ソクラテスは不合理な理由で死刑を言い渡されましたが、多くの人が彼を逃がそうと試みました。しかしソクラテスは「悪法も法なり」と死刑を受け入れました。彼は「法治国家である限り、たとえ良くない法律でも守らなければならない」という信念を持っていたとも言われています。

今回、「違憲だ」と述べた三人の憲法学者もソクラテスの立場におかれたら、法に従って黙って死刑を受け入れるのでしょうか。それは本人の自由ですが、国民に同じようなことを強制しないでもらいたいと思います。

私たちは現実社会に生きています。法律は生きている人間のためにある。それを忘れて法律論議をするほど馬鹿なことはありません。そもそも「憲法違反」というなら、自衛隊の存在は完全な憲法違反です。朝日新聞はじめ左翼ジャーナリストや文化人の皆さん、自衛隊を憲法違反だから失くせ！　となぜ主張しないのですか。

災害で多くの人を救助する自衛隊のことを記事にするときに、「憲法違反の集団が法律違反の行動をした」と非難する記事を書いてみろよ、と言いたくなります。本気で「憲法違反」を糾弾するなら、そこまでやれ！

さらにいえば、憲法九条には「自衛権」や「正当防衛」の権利など、どこにも書かれていません。書かれているのは、ただ、「交戦権を放棄する」という言葉のみなのです。「危なくなったら身を守るために戦っていい」とか「少なくとも自衛権は認められている」などという注釈もエクスキューズも一切ない。

つまり憲法を厳密に守るならば、われわれ日本人は他国に攻められたとき、国家としてはまったく抵抗できない、ということになるのです。

今回の衆議院の憲法学者の見解で、一番喜んでいるのは中国だったでしょう。彼らは「朝日新聞、もっと書け！」とエールを送っているにちがいありません。(2015/06/15)

鳥越俊太郎の罵倒

鳥越俊太郎氏が安倍政権のことをテレビ番組の中で、「ヒトラー政権」と罵倒したということです。

鳥越氏は自分の言っていることが、矛盾に満ちた言葉であると気がついているのでしょうか。もし、安倍政権が本当にヒトラーのような独裁政権なら、番組が終わると同時に鳥越氏は秘密警察に連行され、そのまま収容所へ送られて、二度と社会には復帰できなかったでしょう。

鳥越さんに言いたい。あなたがテレビで自由に政権批判ができるほど、日本は言論の自由も思想の自由もある国なんですよ。それは実はあなたもわかっていることでしょう。もし、あなたに本当の勇気と信念があるなら、まぎれもない独裁国家である中国や北朝鮮に行って、習近平や金正恩に同じことを言ってみてほしいと思います。

冷戦時代の古いジョークを思い出しました。アメリカ人とソ連人の会話です。当時のアメリカ大統領はニクソンです。

アメリカ人「アメリカには言論の自由がある。だから俺はホワイトハウスの前で、ニクソン辞めろ！　と怒鳴ることもできる」
ソ連人「ソ連にも言論の自由はある。俺だってクレムリンの前で、ニクソン辞めろ！と怒鳴ることができるぜ」
(2015/06/26)

愛国の否定

京都府城陽市立中学で二〇一八年十月十一日に行なわれた二年生の社会科のテストで、

旭日旗に「世界に見せたれ！日本人のど根性」と書かれた図が記載されていたというニュースがありました。

これは二十代の男性講師が生徒を鼓舞することと、テスト用紙の余白を埋める目的でインターネットから切り取った画像をそのまま問題文の末尾に掲載したものです。テスト終了後に別の教員がこの問題用紙を見つけ校長に報告したところ、講師は生徒たちから問題用紙を回収し謝罪する羽目になってしまいました。

しかしこの講師が何か謝らなければならないことをしたというのでしょうか。

校長は「旭日旗にはいろいろな解釈をする人がいる。配慮をした教育が必要と講師に指導した」と話していますが、まったく意味がわかりません。ここは日本です。日本で日本の子供たちに日本で昔から使われてきた旗を指し示して頑張れということのどこが問題なのでしょう。

折りしも当日は済州島で韓国から理不尽な要請を受け、日本が参加を取りやめた国際観艦式が開催された日でした。社会のテストですから時事的にもタイムリーなもので、褒められはしても批難されるようなものではありません。こんなことがニュースになること自体がおかしいのです。

今回の一連の学校の対応で最も気になるのは、テスト用紙を回収されて先生に謝られた生徒たちがいったいどう思ったのかというところです。「やっぱり旭日旗はまずい旗なんだな。韓国のいうことが正しかったんだ」なんて考える子供がいるかもしれません。まさかそれが狙いだとは言いませんが、京都の学校は頭髪を赤く染めることは許さないのに、どうやら頭の中が真っ赤に染まることは大歓迎のようです。（2018/11/03）

沖縄の約束

二〇一五年九月十四日、沖縄県の翁長雄志知事は、名護市辺野古の新基地建設で、前知事が二年前に出した「埋め立て承認」を取り消す方針を表明しました。

翁長知事は「取り消し得る瑕疵があるものと認めた。今後あらゆる手を尽くして阻止する」と語りました。彼は「新基地建設反対」を公約に掲げて前職を破っただけに、前知事が「法の基準に適合している」と、承認したものに対し必死になって瑕疵を探したようです。

十月に承認取り消しが認められると、辺野古の基地建設ができなくなります。辺野古基地はアメリカ政府と日本政府が協議して決定した新基地です。沖縄を交えた協議は終了し既に結論がでているのです。もう沖縄が勝手にどうのこうのできる問題ではないはずです。

軍事評論家（自称、軍事漫談家？）の井上和彦氏がうまい喩えで言っていました。

「社長同士で決めた契約を、課長が引っくり返すようなもの」

しかも翁長知事はオバマ大統領に辺野古基地移転の中止を告げるために、わざわざアメリカまで行ったのです。もちろん会ってもらえるはずがありません。頭がどうかしてるとしか言いようがありません。

しかし、翁長知事は沖縄の首長が代わったんだから、過去の取り決めは関係ないとの主張です。もし、そんなことが通るのなら、思い通りになるまで次々と県知事を代えればいいことになってしまいます。国際社会でそんな論法が認められるわけがありません。自分こそが沖縄の民意だと言いますが、沖縄も日本の一部だということを忘れているようです。そして赤い旗の植民地になってからではもう遅いのです。

（2015/09/18）

学者バカ

北海道大学が自身の研究に対する今年度の防衛省からの助成金を辞退したというニュ

ースがありました。防衛省は国家にとって有意義だと認定した研究に一定額の助成金を援助することにしていましたが、それが軍事研究につながりかねないとする批判が相次ぎ、日本学術会議が制度への応募に否定的な声明を出していたのです。今回、北海道大学はその声明に従ったわけですが、なんとも浅はかな対応をしたものです。

戦争の片棒を担ぐことなど誰もしたくないのは当然ですが、あまりにも短絡的過ぎます。北大の研究は「船が受ける水の抵抗を小さくする研究」というもので、これはあらゆることに応用できる、実に意味のある研究です。確かにそれが軍艦や潜水艦の開発に繋がることもあるのかもしれませんが、それよりも一般社会への貢献のほうがはるかに大きいものです。

アルフレッド・ノーベルの発明したダイナマイトは人類にとって極めて有用なものでした。しかし、やがてそれが周りの人々を攻撃する武器となった時、彼は自分がこんなものを作り出したばかりに多くの人々を不幸にしたと後悔しました。ただ、それはノーベルのせいではありません。道具は使う人によっていかようにもなるのですから、肝心なのは使い手の意識です。大学は教育機関であるとともに、研究機関でもあります。そのために国は莫大な補助金を支出しているのです。ましてや国立大学ともなれば、その使命はより高いものとなるのは当然です。

北海道大学は国立大学です。国のために役に立つ研究をなぜ率先してしようとしないのでしょうか。教育と政治は分離すべきという意見もありますが、国家あっての国民、国家あっての国立の大学ということがわかっていません。もしどうしても独立独歩の方針を貫きたいのなら、国から一切の資金援助を受けるべきではありません。あくまでも私塾として好きなことだけをやっていればいいのです。

私はなにも国家の言いなりになって大学の自主性をないがしろにせよと言っているのではありません。なぜ祖国のためになることをそんなにも毛嫌いするのか理解に苦しんでいるだけです。

(2018/06/22)

憲法ボケ

十一月三日は「文化の日」ですが、実はこの日は昭和二十一年に日本国憲法が公布された日を記念して作られた祝日です。それで毎年、この日の前後には「日本国憲法」について新聞やテレビで特集が組まれるのが常ですが、そのどれもが現「日本国憲法」ささえ大事に掲げていれば平和が向こうからやってくるという捉え方をするのには、いささかうんざりします。

この憲法があったから日本は七十年間戦争をしなくて済んだと本気で思っているのでしょうか。大和魂には「丸腰の相手を襲う事は恥だ」という精神もありますが、そんな国は世界中どこを探してもほかにありません。

昭和二十年八月十四日、日本がポツダム宣言を受諾し、連合軍に降伏を伝え終戦を迎えた後の八月二十八日、ソ連は国際法を無視して容赦なく攻め込んできました。白旗を揚げて無抵抗な国に、です。そして北方四島を奪い取り、今も返そうとはしません。また戦後、昭和二十九年に、自衛隊発足直前の日本に対し、韓国は軍事力をもって日本固有の領土である竹島を不法占拠し、それは今も続いています。これが国際社会の現実です。

最優先されるのは自国の利益であって、そのためには道理なんて関係ないのです。国家間にあっては「力こそが正義」なのです。自分の国を守るためには、他国に攻め入られないだけの最低限の力は絶対に必要です。自衛隊の存在は国家を維持するためには必然であるのです。憲法改正を戦争するためのものだと決め付けている人がいますが、本当に戦争をしたい人なんてどこにいるのでしょうか。

誰もが争いのない平和な世界を望んでいます。しかし、人類に欲がある限りすべてが理想通りにはいきません。「いち、にの、さーん」で世界中の国がすべて武力を放棄することなど、現代社会ではありえないのです。ならば、どうするのか。力の均衡をはかり一方の思惑が暴走しない状況を作り出す必要があるのです。

日本はアメリカと組んでいるから北朝鮮に目をつけられ、そのとばっちりがあるのではと危惧している人は、もっと冷静に考えていただきたい。それはまったくの逆で、アメリカが日本のバックについているから北朝鮮は日本に手出しができないのです。

北朝鮮が核を持っていることはもはや周知の事実です。それに対して日本は核を保有していません。しかし、日本を攻撃すれば、その瞬間、アメリカの一斉攻撃が開始され、一瞬のうちに祖国がなくなることを知っているのです。

これは対中国でも同じことです。東シナ海での中国の狼藉もアメリカの顔色を窺いながらのものです。もし日米同盟がなければ、それこそ中国はとっくに沖縄に上陸していることでしょう。

対話が重要なのは当然です。話し合いですべてが丸く収まるのならそれに越したことがないのは誰でもわかります。しかし、それでもどうにもならないから、他の選択肢を探るのです。武力は戦いのためだけにあるのではありません。その力は抑止のためにも十分に発揮できるものなのです。戦後、最高に緊迫した国際情勢のいま、感情論ではない冷静な判断が求められているのです。何の手も打たないのは国の未来を放棄することにほかなりません。

軍事力あるいは経済力など相手に対して影響を及ぼす手段が無ければ、外国との交渉なんて成り立ちません。交戦権のないわが国は経済的部分でプレッシャーをかけてきましたが、それも限界があります。北朝鮮は日本をどんなに威嚇しても決して噛み付かないことを知っているので、わが国上空に平気でミサイルを飛ばしてきます。

しかし、アメリカに向かってミサイルが飛ぶことはありません。なぜならアメリカは噛み付くことを知っているからです。私はなにも軍事力で相手を威圧して言うなりにしろと言っているのではありません。話し合いをするにしても、その前提としてある程度の力を見せることができなければテーブルにすら着けないことを、すべての国民はもっと知るべきです。

（2017/05/12）

ハンストの覚悟

沖縄県名護市辺野古の新基地建設の賛否を問う県民投票に参加しない五市に投票実施を求め、「辺野古」県民投票の会の元山仁士郎代表がハンガーストライキ（ハンスト）をしたというニュースがありました。ハンストは宜野湾市役所前で二〇一九年一月十五日午前八時からスタートし、十九日午後五時、百五時間をもって終了しました。ハンストとは、断食により相手が要求を受け入れなければ餓死してしまうという状況を作ることで注目を集め、自分の主義主張を通そうとすることです。

今回の彼は開始二日目に測った血圧より四日目のそれが大きく低下したことでドクターストップとなり中止したそうですが、これってハンストといえるのでしょうか。

もちろん「死ぬまでやれ」なんて言うつもりはありませんが、私は「死ぬ覚悟」で始めるのがハンストだと思っていました。それが傍らに医師を従え、常に体調を確認しながら変調があれば即座に中止だなんて、これではお寺の断食道場のほうがよほど大変です。安全が担保されているハンストなんて単なるダイエットと同じです。

そもそも私はハンストという抗議手法にはかねてから違和感を抱いていました。腹が減って辛いのはハンストしている本人だけですから放っておいたらいいようなものですが、無視をすると「なんて薄情なんだ、人命をなんと心得ているんだ」などと非難の対象となってしまいます。

今回もハンストに対し見解を求められた政府が「ハンストしている本人に聞いて」と言ったところ、元山氏はツイッターで「いまの日本政府、政権というのはどれだけ冷酷なのか。選んだ方々もどう思うんだろう。でーじ悔しい」と、まさに情に訴えるようなコメントをだしています。これは一番本質的な問題であるはずの抗議内容の是非とは関係なしに、世間を味方につけようとしていることにほかなりません。

人質事件が起こると、多くの人が犯人に対して憎悪の念を抱きます。ハンストも自らの身体を人質にした同様の行為だと考えるのは、決して飛躍しすぎではないと思うのですが。

(2019/01/25)

力が金正恩を動かした

二〇一八年六月の米朝首脳会談について、両国首脳の会談ですべての問題が解決すると信じてやまない人々から、「ほれ、武力に頼らなくても話し合いで解決できるじゃないか」「やはり圧力をかけるよりも懐柔策のほうが有効」などの意見がでていることには、呆れを通り越して情けなさすら覚えました。どういう見方をしたらそんな能天気な考えになるのでしょうか。

金正恩委員長が会談に応じたのは、このまま国連による制裁が続き国内が疲弊していくのは困るという事情と、なによりもアメリカが本当に攻めてくるのではないかという恐怖心があったことは明白です。北朝鮮の不誠実さを理由に、アメリカが会談取り止めを表明したときの北朝鮮の狼狽ぶりが、いかにアメリカを恐がっていたかの証拠です。彼は「アメリカの本気」の前に決断を余儀なくされたのです。そして、その背景には世界最強とも言われるアメリカの軍事力があったことは言うまでもありません。

北朝鮮がアメリカと日本との対応に差をつけているのもその軍事力に違いがあるからです。日本は挑発したところでどうせ攻撃してこないと分かっているから、平気で日本上空にミサイルを飛ばせるのです。もしそれがアメリカだったら、すぐさま撃ち返されて瞬時に国がなくなるのを知っているから、決して実行には移せません。要は怖くない相手には強気に出ても構わないと考えているのです。

これは北朝鮮だけに限ったことでなく、尖閣での中国船も同じです。日本が決して攻撃しないのをいいことに、頻繁に領海侵犯を繰り返しています。注意しなければならないのは、もし島に上陸でもされたら取り返しがつかない状況になりかねないことです。「日本の領土だから出て行け」と言ったところで、素直に出て行くはずはありません。居座って実効支配に進むのは明らかです。厄介なのは国際的に最終決着をつけようとしても、その時点で実効支配されていたら既得権として認められることがあることです。「これぐらいいいか」「時間をかけてゆっくり解決しよう」ではやられ放題になってしまいます。世界中、すべての国が世界平和を最優先する国ばかりではありません。最も優先されるのは当然ながら自国の利益です。そのために他国に対抗しうる力をつけようとするのです。攻撃は戦争をするためではなく、自国を守り戦争を避けるためにも有効なものなのです。性善説で外交はできません。

(2018/06/08)

通り魔を表彰?

この米朝首脳会談では、北朝鮮が核放棄に合意することを目指しています。ようやくその実現性に疑いを持つ人も増えてきましたが、当初はそのニュースを受けて、今年のノーベル平和賞は金正恩委員長に決まりだとの噂まで流れたほどでした。

バカも休み休み言ってもらいたいものです。放火犯が自分で火を点けた後に水を掛けて通報したからといって褒められることでしょうか。通り魔が通行人をナイフで刺したあとに手当てをして人命救助で表彰されるでしょうか。そもそもの原因を自分で作っておいて、改心したからと言ってそれまでの罪が消えるわけではありません。

世間では暴力団や暴走族が弁護士や教員になるとまるでヒーローのように扱う風潮がありますが、それにも違和感があります。そりゃあ悪事を続けていた者が真っ当な生き方に改めるには大変な努力がいるでしょう。それはそれで認めても構いませんが、しかし一番讃えられるべきは一切の悪事に手を染めず真面目に生きている人々です。その落差が大きいほうが素晴らしいなんてことは絶対にありません。

わが国にとって核問題も大切ですが、それよりも優先すべきは拉致問題です。家族会の皆さんの高齢化も進み、残された時間は短くなっています。大切な家族をさらわれた人たちからしたら、そんな悪党の親玉が平和賞だなんて、冗談でも言って欲しくないはずです。

世界的な平和ムードに水を差すことになるとしても、被害者である我々日本人は決して浮かれることなく毅然とした態度をもって冷静に対処しなくてはなりません。乱暴狼藉を働く狂気のような国と、あくまでも交渉により無血で解決しようとしている日本。

本当に平和賞がふさわしいのがどちらなのか、答えは明白でしょう。

しかし、我々が望んでいるのはそんな安っぽい平和賞ではなく一日も早い拉致被害者全員の安全な帰国であることは言うまでもありません。

（2018/06/22）

北朝鮮のとんでもなさ

北朝鮮は昔もいまも、とんでもない国なのです。国家のトップが実の兄を暗殺したのはつい最近のことでした。二〇一七年六月には北朝鮮当局に身柄を拘束され、昏睡状態で釈放された二十二歳のアメリカ人学生が、帰国後一週間も経たずに亡くなったという出来事もありました。治療に当たっていた医師らによりますと、脳に原因不明の広範囲にわたる損傷がみられたそうです。

この学生は北朝鮮を観光中に、ホテルから政治宣伝ポスターを盗んだとして逮捕され、二〇一六年三月の裁判により国家転覆陰謀罪で十五年の労働教化刑を言い渡されていました。裁判といってもあの国のことですから、公平性が担保された真っ当なものが行なわれたとは到底考えられません。

北朝鮮側は、彼が判決直後にボツリヌス中毒症に罹って睡眠薬を服用して以来、昏睡状態に陥ったとしていますが、これも信用できません。なぜなら、北朝鮮よりもはるかに医学が進んでいるはずのアメリカの医師の診察によれば、ボツリヌス中毒症の形跡は見られなかったというのです。

これは想像ですが、自白を強要するために脳に強力なショックを与え過ぎたのではないでしょうか。帰国時の彼は、目を開けたり瞬きはしていましたが、言葉を理解したり口答での指示に応じたりできないだけでなく、周囲の状況も認識できていなかったといいます。北朝鮮は昏睡状態に陥った学生を人道上の観点から釈放して帰国させたと説明していますが、「ふざけるな」と言いたいです。何の罪も無いであろう若者を自国の思惑のために、とても人間の所業とは思えないひどい目に遭わせておきながら、何が「人道上」なのでしょうか。親にしてみても生きては帰ってきたものの、出発した時の面影が全くなくなった息子を見て、北朝鮮に「よく返してくれました」なんて感謝できるはずがありません。

（2017/06/23）

北朝鮮漁船の脅威

北朝鮮の脅威はミサイル以外にもあります。日本海側の沿岸に怪しげな木造船や遺体が数多く漂着しています。そのほとんどは秋田県沖四百キロの豊かな漁場で不法操業していた北朝鮮籍の漁船や漁師だと推測されています。

たしかに冬場の悪天候の影響で、乗っていた船が沈没して海に投げ出され、そのまま息絶えてしまった漁民や、主を失った船が流れ着いたケースもあるでしょう。しかし、辿りついているのは実際に目の前に見えている船や人だけなのでしょうか。誰にも気付かれずに生きて日本の国土に上陸し、人ごみの中に消え去った不法入国者がいないとも限りません。

北海道では北朝鮮籍の船の乗組員が、上陸した島の小屋からテレビや冷蔵庫などの家電製品を盗み出していたこともわかっています。遭難し漂着した本物の漁師がコソ泥をはたらいているだけならたいして怖れる事はないのかもしれませんが、もし彼らが漁師に化けた、日本に潜入する明確な目的をもった工作員だったとしたらどうでしょう。彼らが日本国内で大胆なテロ行為を起こせば、木造船なんかではなく国家が転覆することすらありえるのです。

今の日本は外からのミサイル攻撃を警戒するだけでなく、内からの破壊工作をさせないよう断固とした厳しい対応の準備を整える必要に迫られているのです。密入国者にしてみれば、日本ほど容易い国はないと思います。世界中の多くの国では領空領海を侵犯すると、即座に捕まるか状況によっては攻撃され、命を脅かされます。しかし日本は警告はしても攻撃するようなことはありません。絶対に撃ってこないとわかっているから、彼らは大胆な行動もとれるのです。仮に捕まったところで強制退去で終わりですから気楽なものです。

日本は島国だからそうそうやすやすと密入国できないなんてまったくの間違いです。それどころか三百六十度、どこからでも入り込むことができるのです。拉致被害者はそんな彼らによって連れ去られたのです。

不法入国者の人権を優先するあまり、手緩い措置しかとらなければ、国の危険は増すばかりです。抵抗、逃亡を図る密入国者に対する、その場での射殺も辞さない構えは自らと国民の身を守るためには当然のことです。これを人道に反している、相手国を刺激するので危険などと言うのは無法者の行為を肯定することと同じです。早急な法整備が待たれます。

(2017/12/15)

テロリストを制圧した軍人たち

当り前のことですが、口先でいくら平和を唱えても、平和は維持できません。そんな安全保障の本質をわかりやすく示してくれた痛快なニュースがありました。二〇一五年八月二十一日、フランス北部を走行中のアムステルダム発パリ行きの国際特急「タリス」の車内で自動小銃を発砲した男が、乗り合わせたアメリカ人乗客らに取り押さえられたというものです。

発砲したのはモロッコ人の男で、テロ対策を行なうフランス治安当局の監視対象者だったというから筋金入りのテロリストです。そんな人物が武器をもって特急列車に平然と乗車していたとは外国のこととはいえ驚きですが、手柄のアメリカ人は幼なじみの二十代前半の三人組で、うち二人は空軍兵と州兵ということです。

三人は、銃声が響き、自動小銃を持った男が車両内に入ってきた瞬間に素早く行動しました。まず空軍兵が男にタックルし、次に州兵が組みついて男の手から自動小銃を取り上げたそうです。男はカッターナイフを取り出して抵抗を試みましたが、三人に殴りつけられて、哀れ気絶しました。

ハリウッド映画などではよくあるシーンですが、現実に、自動小銃を発砲している犯人に飛びかかれる人間など、まずいません。現実は映画やドラマとは違います。撃たれれば命を失うのです。

しかしこの列車に乗り込んでいた三人は違いました（二人は空軍兵と州兵、一人は大学生）。彼らは素手で敢然と立ち向かい、見事に犯人を取り押さえたのです。

特急列車には数百人が乗っていたということですから、彼らの活躍がなければ大惨事になっていたかもしれません。まさしく彼らこそ文字通りのアメリカンヒーローです。勲章ものに値する活躍です（※このエピソードはのちにクリント・イーストウッド監督で映画化されました『15時17分、パリ行き』）。

三人の英雄のことを乱暴者と呼ぶ人はいないでしょう。彼らの「力」があったからこそ、車内で犠牲者は出なかったのです。

（2015/08/28）

ミサイルに鈍感な人たち

日本国内のある種の「平和主義者」は、ともすれば身を守るという基本的なことすら軽視しようとします。二〇一七年四月、北朝鮮がミサイルを発射した際には、北朝鮮ではなく政府や企業の対応を批判するありさまでした。

この時、ミサイル発射の報を受け東京メトロが全線に渡って一時運転を見合す事態となりました。幸いにもこの時のミサイルは、北朝鮮内陸部に落下し日本に飛んでくることはありませんでしたが、北朝鮮から発射された弾道ミサイルは、わずか十分前後で日本に飛来します。常に万全の態勢を整える必要があるのです。後悔する様な対応は絶対にあってはなりません。

何の被害も無いのに電車を止めるなんて大袈裟すぎる、いたずらに恐怖心を煽るのはいかがなものか、と声を上げる人もいました。しかし、これはあまりにも無責任な意見です。確かに電車を止められて約束の時間に遅れたり、大切な商談を逃した人もいたかもしれません。しかし、それも何もなかったから言えることであって、もし日本に着弾し電車が動いていたせいで被害が拡大しても同じように批判めいたことが言えるのでしょうか。

同年八月二十九日には、早朝に発射されたミサイルに対し、日本の北部十二道県にＪアラートが発令されました。これは言うまでも無く国民の生命を守るためです。しかし、それに対しても、「着弾までの短時間でどうしろというのだ」「そんなに都合の良い避難場所はない」、挙句の果てには「朝早くから大音響で起こされて迷惑だ」などの批判がでています。それもミサイルを発射した北朝鮮ではなく、Ｊアラートを発令した自国の政府に向けてです。どこまでこの国の住人は能天気なのでしょうか。

確かに発令されても完璧に身を守ることは難しいのかもしれません。しかし、事前に着弾の情報を得ることによって、地面に身を伏せて爆風から身を守るぐらいのことはできるでしょう。生死の境とはそんな少しの行動の違いで決まることも多いのです。今回は特に被害が無かったからいいようなものの、本当にそうなってからでは遅いのです。さらにこんな馬鹿げた批判を、無責任なネットの住人が言うだけならまだしも、大手メディアまでが同調して扱うのには呆れます。ワイドショーでは「実際に日本を狙ったわけではない」「金正恩も戦争をしたがっているはずがない」など勝手な推測でお気楽な持論を展開していました。実際に我々の頭の上をミサイルが通過しているというのにです。

今回は北海道方面への発射で、それ以外の地域に住む人たちは自分たちには関係ないと思っているとしたら大間違いです。明らかに我々の祖国、日本に向けてミサイルが放たれているのです。日本国民であるなら〝関係ない〟などとは言えないはずです。Ｊアラートなんていうオシャレな呼び方をしていますが、これはまぎれもなく「空襲警報」です。戦後七十年以上、平和を保ってきた日本にいまこうして再び「空襲警報」が鳴り響く現実を、もっと真剣に考えるべきです。

ミサイルが繰り返し発射されていくと、危機が増していると考えてもいいのに、報道の扱いはだんだん小さくなっていきました。皆の心の中に「どうせ、日本に飛んでくることはないだろう」なんて気持ちが芽生えたのだとしたら、大問題です。

イソップ寓話「オオカミ少年」では少年の警告を信用しなかったために、村の大切な羊がみんな食べられてしまいました。しかし、いま私たちが直面しているのはおとぎ話などではなく、現実の危機なのです。しっかりと目を見開き状況判断を誤らないようにしなければなりません。そのための材料として、マスコミは北朝鮮のこうした動きを余すところなく、重大な危機に陥る可能性のある国民に伝える義務があるのです。また、国民はそうしないマスコミを徹底して糾弾し、排除しなければなりません。すべてはこの国とそこに住む善良な国民のために。

（2017/09/08）

避難は不要か

北朝鮮のミサイルに対するメディアの無関心は確実に悪い影響を与えました。

政府が発表した調査結果によりますと、北朝鮮が二〇一七年八、九月に発射した弾道ミサイルが日本上空を通過した際、九割以上の人たちが避難行動を起こさなかったそうです。実際に避難した人は五パーセントにとどまり、国民の意識の低さには呆れてしまいます。

Jアラートなどで発射を知った後に避難をしなかった、できなかった理由として「どこに避難すればよいかわからない」はまだかろうじて許せるのですが、「避難しても意味がない」が約四五パーセントもいたとなると、もう能天気なバカとしか言いようがありません。

どうせ自分のところに被害が及ぶことはないと考えて逃げないのか、あるいは死ぬ時はみんな一緒だから恐くないと思っているのかはわかりませんが、いずれにせよ命を粗末にしすぎです。言うまでもなく命はひとつしかないのです。失った後で悔やんでもそのときにはどうしようもありません。

また、同様の話として京都府が気象や避難などの防災情報を配信する「京都府防災・防犯情報メール」が、大型台風が連続接近した九月以降、登録者数が減少していることもわかりました。続発した台風で大量のメールが配信され、「着信音が気になって眠れない」と登録解除する府民が増えたことが理由といいますから意味が分かりません。

メールでは避難指示や河川の水位、土砂災害、犯罪発生の状況などそれこそ非常時の命綱となる情報が配信されるのに、それを自ら放棄しているのです。日本人は永らく続いた平和のせいで、どうも危機意識が麻痺しているようです。天災、人災はいきなり遭遇するより、事前に情報を得ていた方が危険度は大きく減少します。本来なら少しでも多く情報を欲しいと思わなくてはならないはずです。繰り返して言います。命はひとつです。最後の最後まで生き延びる努力をしなければならないのです。(2017/12/22)

Jアラートボケ

自分が避難しないのは最終的にはその人の自由かもしれません。しかし、それを他人に押し付ける人までいます。二〇一七年のミサイル発射に関連しては、藤沢市の市民グループが、神奈川県下全三十三市町村で予定している「全国瞬時警報システム」(Jアラート)発動を想定した国民保護サイレン再生訓練の中止を要請したというニュースがありました。申し入れをしたのは「藤沢市のJアラート訓練に抗議する藤沢市民の会」というそのものズバリの団体ですが、一部の能天気な人たちの集まりとしか思えません。

もちろん中止要請は藤沢市民全員の総意ではないはずです。要請理由を「いたずらに恐怖心をあおる放送、合理的に説明できない行動への協力要請。音声再生に加えて避難行動についても協力を求める市の訓練に強く反対する」としていますが、現実をもっとしっかり見てからものを言えと言いたいです。

彼らの言い分は北朝鮮が日本に向けてミサイルを撃ってくることは一〇〇パーセントないことを前提としています。二〇一七年、日本海あるいは日本上空をミサイルが複数回飛来したことをまさか忘れているのでしょうか。日本全土が既に射程に入っており、いつ着弾してもおかしくないのが現実です。

前回Jアラートが発令された地域では、その時にどういう行動をとったらいいのかわからなかったという声が多く聞かれました。人間はとっさの時に適切な行動をとれないことがあります。それをふまえて県が予め訓練をしておこうとしているのをやめろだなんて、とても正気とは思えません。

絶対に起きることにしか対応しない彼らの論理では、地震や大雨に対する災害訓練、火事への避難訓練も必要ないことになります。訓練の想定が弾道ミサイル落下に絞られている点についても、「外敵をつくりだし、市民に戦争やむなしとの感情を抱かせることにつながる」と無理やりな言いがかりをつけていますが、日本の国土にミサイルを向けている北朝鮮は明らかに外敵です。それを撃ち込まれても「戦争反対」と叫ぶだけで、泣き寝入りをしろとでも言うのでしょうか。

ミサイルが飛んできても戦うより黙ってやられて死んだほうがましだ、と考えるのは勝手ですが、ほとんどの市民はどんなことをしてでも生き延びたいと思っています。それを邪魔する権利はだれにもありません。

（2018/01/26）

日章旗を粗末に扱う人たち

横浜市中区にある横浜第二港湾合同庁舎に真ん中が裂けて大きな穴が開いた日章旗が掲げられているという記事を見つけました。そこには日の丸の赤い丸部分がすっぽりと抜け落ちた無残な姿の写真も掲載されていました。

この合同庁舎は横浜検疫所や横浜地検分室、東京入管分室など国の機関も入居する施設であり、横浜という土地柄、数多く訪れている外国人から見たら、世界に向けての玄関口である有数の港を構える日本の重要な場所とも言えるものです。

担当者によると、新しい旗は現在手配中だが、すぐに入手できず仕方なく破れたままの日章旗を掲揚していると言いますが、まったく弁明になっていません。

いったい国旗を何と考えているのでしょうか。今すぐ自分の足で買いに行けば即座に取り替えることが出来ますし、百歩譲って買いに行けないのなら「Ａｍａｚｏｎ」か「楽天」にでも発注すれば翌日には届きます。要はやる気がないだけです。

担当者にとって、みすぼらしい国旗を掲げていることは全然たいしたことではなく、その優先順位は極めて低いものだったということです。もちろんその上司も同じです。そんな職員を国の機関に置いておいていいはずはありません。

ボロボロの国旗を国の機関で無頓着に掲げることは、世界中に日本の恥を知らしめていることにほかなりません。それにこの庁舎には他にも多くの職員が働いています。誰一人としてこの異常な国旗を何とかすべきだと提言する人がいなかったとしたら、情けないことこの上ありません。

昨今、国旗をないがしろにしたり、国歌斉唱拒否を正当化したり、まともな日本人のすることとは思えない言動が横行しています。いつからこんな国になってしまったのでしょうか。もっとも、それらを扇動している人たちが生粋の日本人ではなく、自国の国旗、国歌以外には興味がない、他国の文化を尊重できない人たちだとしたら、もう何を言っても無駄なのでしょう。

しかし、そんな人たちには日本にかかわって欲しくありません。

（2017/03/17）

カエルの楽園と中国

危険な相手は北朝鮮だけではありません。中国も虎視眈々と日本を狙っています。彼らは完全に沖縄を陥れるつもりでいます。

「一匹のツチガエルが驚きの声を上げました。なんと、たくさんのウシガエルが崖一面にへばりついていたのです」

これは私の作品『カエルの楽園』の一節です。「三戒」さえ唱えていれば、決して争いごとは起こらないと信じている平和なツチガエルの国〝ナパージュ〟の南の崖に、恐ろしいウシガエルが押し寄せてくる場面を描いたものです。

中国海警局の公船は、少し前までは尖閣など九州南方の「領海」に集中していたものが、すでに北部九州にまで及んできています。その後、一気に北に上がり津軽海峡にもその姿を現しました。「領海」とは公海はもちろん排他的経済水域とも違う、国連海洋法条約によって沿岸国の主権が絶対的に認められる海域であり、日本そのものです。そこをなんの断りもなしに我が物顔で通行することは、沿岸国への侮辱行為と言っても言い過ぎではありません。もちろん領海でも国際法では無害通航は認められています。しかし中国の公船は日本を恫喝する意味を含むもので、決して無害通航ではありません。考えてみてください。自分の家の庭に見ず知らずの何者かが入り込んでいます。あなたは、にっこりと笑って見過ごすことができますか。だれでも「うちの庭になにを勝手に入ってるんだ。さっさと出て行け！」となるはずです。

中国は過去の例からも間違って迷い込んだとは思えません。確固たる意思を持って入り込んでいるのです。今回も海上保安庁の巡視船の再三の警告にもかかわらず一時間以上航行を続け、その後やっと領海を出ていきました。日本側が何の手出しもしないのを知って、このような蛮行に及んでいるのです。実になめられたものです。逆の立場だったらどうなっていたでしょう。中国はさっさと日本の船を捕らえて外交の道具としていたはずです。

『カエルの楽園』では、ツチガエルたちは「話し合うんだ、話せば必ず分かってもらえる」と、最後まで「三戒」に頼り続けました。その結果〝ナパージュ〟の末路がどうなったのかは、本の読者ならご存知のとおりです。

現在、日本を取り巻く国際情勢は、残念ながら『カエルの楽園』のストーリーそのままに進んでいます。物語ではない現実の世界では、誤った判断は取り返しのつかないことになります。どこかで『カエルの楽園』と違った方向への転換を、日本を愛する者として切に願わずにいられません。

憲法改正が進まず自衛隊の増強もままならない現状、それらに対抗するには米軍の力がどうしても必要なのです。米軍基地が沖縄にあるということは、沖縄自体が中国の脅威から守られることにもなるのです。基地移転反対派の暴力的ともいえる抗議活動（厳密には犯罪行為）は、いまやネットで多くの人々の知るところとなっています。彼らが本当に沖縄の利益を第一に考えているとは到底思えません。

『カエルの楽園』では、ナパージュを守っている一羽のワシを、ツチガエルたちが追い出します。ウシガエルたちはワシがいなくなったことで、崖を昇ってくるのです。

辺野古移設は沖縄の民意を代表する当時の知事の了承を得た上で、日本政府とアメリカが合意して決定したものです。前任者がやったことだから自分には関係ないというのなら、国同士の約束事をいとも簡単に一方的に反故にするどこかの国とまるで同じです。

（2017/07/21）

第四章　韓国と中国の本質

韓国に忖度

全国の神社などで油のような液体をまいたという事件で千葉県警が容疑者を特定し、逮捕状を取りました。伝統ある神社などに対する卑劣な犯人が判明したことはよかったのですが、問題はその報道の仕方です。

まず、第一報を流した共同通信は、「米国に住む日本国籍の五十二歳男」と報じました。

この記事の中の「日本国籍」という言葉に注目してください。次にTBS系列のテレビニュースでは、「アメリカ在住日本人医師（五十二）」というテロップを入れ、顔写真にモザイクを入れました。このテロップの「日本人」という言葉に注目してください。

二つとも逮捕状が出ている容疑者にもかかわらず、実名は公表していません。

ところがこのTBS系列のテレビニュースが流したモザイク写真から、ネットの住民によって、犯人名が割り出されました。モザイクなしの同じ写真が発掘され、人物が特定されたのです。ネットというのはすごいなとあらためて思いました。

そしてネット上で、この犯人は在日韓国人あるいは帰化韓国人であるとの見方が示されていました。この事件は最初から朝鮮人か韓国人の仕業ではないかという説が上がっていました。

というのは、一部の朝鮮・韓国人が日本に対する憎悪と劣等感から、神社や神宮に対しても憎しみを持っているというのは以前から囁かれていたからです。実際に近年、靖国神社などで朝鮮・韓国人による嫌がらせや建造物損壊の事件が起きています。

それだけに、もしかしたら犯人は朝鮮・韓国人ではないかと考えられていたというわけです。つまりこの事件は単なる愉快犯ではなく、そこには日本の文化と伝統に対する彼らの敵意が背景にあるのではないかと捉えられていたのです。

そして今回、逮捕状が出たのは帰化した元韓国人と思われる人物でした。ところが、反日的な配信記事が多いことで知られる共同通信は、配信記事の中にわざわざ「日本国籍」と書きました。

そして同じく反日・親韓メディアと言われているＴＢＳ系列のニュースでは、「日本人医師」とテロップを入れました。二つのメディアともに、犯人は韓国系の男であるというニュアンスはニュースの中にまったく入れなかったのです。

他のメディアもこれにならい、どこの新聞も名前は公表せず、いずれも「日本人」あるいは「日本人医師」という報道になっていました。はたしてこれが公平な報道と言えるのでしょうか。

たしかに「日本国籍」という表現も「日本人」という表現も間違いではありません。しかし、この事件の根っこには韓国人による日本文化に対する憎悪があるとするならば、犯人が元在日韓国人という事実を隠すのは、正しい報道とは言えません。

ニュースを見た多くの日本人は、「へえ、犯人は日本人だったのだ。最近は、不信心な日本人が増えたなあ」と思ったことでしょう。共同通信とＴＢＳ系列の報道の狙いがそこにあるとしたら、由々しき問題です。もちろん、それに追随した他のメディアも同様です。

日本テレビ系列のあるワイドショーでは、キャスターが「同じ日本人として、恥ずかししい」と言っていました。まさにその罠にはまった感じです。繰り返しますが、今回の事件の犯人は、このキャスターの言う意味での「同じ日本人」ではありません。

在日韓国人や帰化した元在日韓国人は、大きく二つのタイプに分かれます。「日本人のメンタリティーを持ち日本を愛する心を持った人」と、「日本と日本人に対して心の底で敵意を持っている人」です。今回の事件は、後者のタイプが起こした事件であると思われます。それだけに報道で「日本国籍」「日本人」としつこいくらいに連呼されると、非常に強い違和感を覚えます。

実は今回の事件だけではなく、日本のメディアは在日朝鮮・韓国人や元在日朝鮮・韓国人に対しては、実におかしな報道をしています。左翼新聞あるいは反日新聞と言われる朝日新聞や毎日新聞は、在日朝鮮・韓国人が犯罪を犯すと、ほとんどといっていいくらい通名でしか報道しないのです。多くの地上波テレビ局も同様です。

ところで、ひとつ読者の皆さんに知っておいてもらいたいことですが、前記の共同通信社のニュースは全国の地方紙に配信されます。政治的あるいは国際的な事件に関する社説なども配信しますが、それらの多くが反日的な要素の強い論調になっています。地方紙はそれらの記事や社説をそのまま自社の新聞に載せるか、あるいは「てにをは」だけを変えて載せています。地方紙を読んでいる人のほとんどはそのことを知らず、おらが地元新聞の記者が書いた社説であり記事だと思っています。それだけに全国紙に対する記事よりも信頼度が高いのです。

恐ろしいのは全国の地方紙を全部合わせると、朝日新聞などよりもはるかに部数が多くなるということです。ということは、日本人が一番たくさん読んでいる記事は、実は共同通信の配信記事ということになるのです。

(2015/06/15)

中国に褒められたい人がいる

二〇一五年の安全保障関連法案について、朝日新聞などは反対運動を積極的に展開していましたが、当時、東京で「反安保法案二万五千人デモ」が開かれたことについて、中国の人民日報は国際面の三分の一を使って取り上げたといいます。そして「日本民衆の戦い」を褒め称えたそうです。

デモに夢中になっている皆さん、今、南シナ海に軍事基地を作り、日本のシーレーンを脅かし、尖閣どころか沖縄まで取ると宣言している中国が、皆さんのデモを褒め称えているのですよ。これはどういうことかわかりますか?

皆さんのやっていることは、そのまま中国にとって、実に都合のいいことなんです。それとも皆さんは、それをわかってやっている「売国奴的な人たち」なのでしょうか？

もうひとつ、このニュースでうんざりするのは、警察発表は五千人なのに、日本のテレビは二万五千人と、五倍も水増しした主催者発表をそのまま報道したことです。もちろん中国共産党の機関紙は二万五千人と報道しました。

それと、中国共産党の機関紙に言いたいことがあります。

日本のデモを褒め称えるなら、同じことを中国国民がやっても褒め称えるべきでしょう、と。民主化のデモをする自国民に対して、機関銃を撃ちまくって戦車で轢き殺すような国に褒められたくはありません。

（2015/06/19）

中国漁船を撃沈したアルゼンチン

私が中国に対して厳しいことを言うと「ヘイトだ」などと非難する人がいます。しかし、世界はそこまで中国に甘くないということも知ってもらいたいものです。

二〇一六年三月、アルゼンチン当局は、自国の沿岸警備隊が南大西洋で違法操業をしていた中国漁船を撃沈したと発表しました。

報道によると、沿岸警備隊は首都ブエノスアイレスの南千三百キロの沖合で中国漁船を発見し停船を求めましたが、漁船側はこれを無視して逃走し、途中、沿岸警備隊の船舶に繰り返し体当たりしてきたため、危険を感じた沿岸警備隊が発砲したものです。船長は漁船が沈み始めるまでエンジンを止めなかったといいますから、最後まで抵抗するつもりだったのでしょう。

漁船の乗組員は全員救助され無事だったそうですが、二〇一〇年に尖閣諸島で起きた海上保安庁中国漁船衝突事件を思い出しました。これは勇気ある一人の海上保安官により事件の全貌が世間の知るところとなりましたが、当時の民主党政権は最後まで弱腰の対応を取り、中国に好き勝手されてしまった事件でした。

国際社会では黙ってやられるのを待つだけなんてことはありえません。自らに降りかかる火の粉は自ら振り払うのが当然です。今回のアルゼンチンの対応には肯定的な意見が多くみられます。いまや中国漁船は世界のいたるところで違法操業を繰り返しています。日本も毅然とした態度で臨まないと、食い物にされるだけでなく、世界中から「弱虫」と笑われることになってしまいます。

（2016/03/25）

韓国の思惑

まず、以下の文章をお読みください。私が二〇一五年六月に書いたものです。

二十一日、韓国の外相が来日しての日韓外相会談で、韓国側は日本の「産業革命遺産登録」(軍艦島)について協力する方針を初めて示したといいます。

何を偉そうに、と思います。そんなもの、別に韓国に協力してもらう必要もなにもないことです。韓国に協力してもらわなければ、世界遺産に登録されないということはないのです。それよりも、くだらないイチャモンで妨害することさえしないでいてくれればいいのです。

私が外務大臣なら、「あんた、何言ってるの? 協力なんかいらんで」と突き放すところですが(笑)。

しかし、あれだけ「軍艦島」の世界遺産登録に大反対していた韓国が掌をかえしたように「協力する」と言ってきた裏には、よほど困った事情があるのでしょう。経済的に立ち行かなくなって、日本の援助を引き出したいという狙いがあるのが見え見えです。もしかしたら最初から、はじめは反対しておいて、後で恩を売る、という作戦だったのかもしれません。

そんな子供だましの手を、と思われるかもしれませんが、日本は過去に何度もそんな子供だましの手に引っかかってきたのです。

「ありがとうございます。協力お願いします」

などとうっかり言おうものなら、軍艦島が世界遺産に登録されたとき、韓国がしつこいくらいに「俺たちのおかげだ。感謝しろ！」と言ってくるのは目に見えています。そして彼らは必ずその見返りを求めてきます。

今度も引っかからなければいいのですが……。


(2015/06/26)


その後、私の懸念は当たりました。

ボンで開かれた世界遺産の会議で、軍艦島が世界遺産に登録されましたが、これは日本の外交の大きな失策です。いや、大々失策なのです！

というのは、韓国側からの「『強制労働』の文言を入れろ」という要求を呑んでしまったからです。やはり「引っかかった」のです。

私は最初から韓国のことは全然信用していませんでした。なぜなら、韓国という国家はこれまでもとんでもない嘘を何度もついてきており、しかも信義とか仁義というものはまったくないからです。最初、私はどうせ金が目的だろうと考えていました。ところが、私のこの読みもまだ甘かったです。韓国の目的は「経済援助」などではなく、「強制労働」を日本に認めさせることだったのでした。金で済んだほうがずっとよかったという結果になりました。

岸田外相は「『forced to work』は強制労働を意味しない」などと言い訳していますが、そんな言い訳が外国に通じるはずがありません。「forced」というのは、「強制された」という言葉です。

韓国は日本の代表者たちが「世界遺産登録」を何が何でも望んでいると読んで、土壇場で無茶苦茶な要求をしてきたのです。日本は断固としてこの要求をはねのけるべきでした。そして韓国の反対によって世界遺産登録が見送られても、黙って引き揚げればよかったのです。軍艦島の世界遺産登録など、どうでもよいのです。そんなものが世界遺産に登録されなくても、価値はまったく変わりません。

そもそも軍艦島の世界遺産登録は明治から大正にかけての産業革命の歴史を刻んだ施設ということにあります。昭和十九年九月からわずか七ヶ月だけの期間（朝鮮人戦時徴用の期間）はそれにあたりません。また戦時徴用は「強制労働」とは違います。朝鮮人だけでなく日本人にも課せられていた国民の義務の一つで、賃金も出る合法的なものでした。当時は国内の中学生や女学生たちも工場などで働かされていました。男たちは、徴兵で戦場に赴き、そこで戦っていたのです。大東亜戦争の戦場で命を失った日本人兵士は二百万人以上にのぼりますが、昭和十九年から徴兵された朝鮮人は訓練途中で終戦を迎えたため、戦死者はほとんどいません。

また「強制労働」は「奴隷労働」をイメージさせますが、日本人は朝鮮人を奴隷労働させていません。日本人と同じ給料、同じ労働、同じ宿舎でした。つまり、すべて同じ条件で働いていたのです。これがなぜ「強制労働」になるのでしょうか？

韓国の狙いは明らかです。今後、これを理由にして、日本政府と日本企業に「補償」や「賠償」を申し立ててくるでしょう。つまり、やはり最終的な目的は「金」なのです。

これは戦時慰安婦のときと同じ構図です。韓国は日本政府にしつこく「従軍慰安婦の強制を認めろ」と要求してきました。「それさえ認めてくれれば、補償も何も言わない。ただ、認めてさえくれればいい」と。大甘で大バカの日本政府は韓国の要求を呑み、河野談話でそれを認めてしまいました。

その後、韓国がどのような作戦を取ったかは今さら言うまでもないでしょう。「政府が認めたんだから、補償しろ！」と国と民間あげての大合唱で、世界に「慰安婦像」まで作り出す始末です。

外国に住む日本人がその像を撤去する運動を起こしても、また現地の役所に撤去を要求しても、「日本政府が認めてるじゃないか」という理由で、それをはねのけられるのです。

近い将来、これと同じことが必ず起こります。いや、すでにその運動の予感がありま す。なぜなら、今回の日本が「強制労働を認めた」というニュースが韓国内で報道された途端、韓国人たちは喜びで沸き立っています。「これで補償が取れる」「賠償金を要求する根拠ができた」という喜びでしょう。いずれ、世界に「慰安婦像」の隣に「強制労働者像」が建つ日がくるかもしれません。想像するだにおぞましい光景です。

こういうことが日本代表団、あるいは外務省の役人たちには見えなかったのでしょうか。韓国の実に卑劣で卑怯なやり方にも腹が立ちますが、日本政府のバカぶりにも腹が立ちます。何度、同じ手に引っ掛かるのだ、と。

今からでも遅くはありません。軍艦島の世界遺産登録は辞退すべきです。先祖の偉業に泥を塗らないためにも、また子孫を辱めないためにも、「強制労働」などを認めるべきではありません。

世界遺産などどうでもいいのです。それよりもずっと大事で、本当に守るべきは「日本人の誇りと名誉」です。

その意味では、今回の軍艦島の世界登録は将来に大きな禍根を残しました。残念です。

(2015/07/10)

(※この記事を書いた三年後、私の懸念は現実のものとなり、韓国で例の「徴用工判決」が下されました。しかも「徴用工」と呼ばれている人たちは、実は徴用工でもなく、単に応募工だったのです。)

ゴネゴネ賠償金請求

韓国の文在寅大統領が、就任百日を迎えた記者会見で、日本の植民地時代の元徴用工の個人請求権は消滅していないとの見解を示しました。やれやれ、また始まりました。韓国のゴネゴネ賠償金請求が。

戦後補償については一九六五年の日韓請求権協定で「完全かつ最終的に解決」済みなのは国際的に認知されています。そもそも、国際法においては戦後賠償における個人請求権は認められていません。韓国は今まで何かと言うと慰安婦問題を持ち出し、日本に金をせびってきました。最近では慰安婦像をバスに乗せ、ソウル市内を巡回するなどまったくわけの分からないパフォーマンスまで行なっています。

しかし、二〇一五年末の日韓合意を境に日本側が相手にしなくなり、「そろそろ慰安婦ネタでのシノギも限界かな」と考えて次のネタを出してきたのでしょう。本当に懲りない恥知らずの国です。

戦後七十二年が経過し、二十一世紀の現代では、北朝鮮という日米韓が一体となって対応しなければならない相手が出現しています。そんな時に自国の利益のためのいいがかりを、臆面もなくつけてくる神経が信じられません。どうも、優先順位が国際社会とかけ離れていると言わざるを得ません。こんなことをしていては、いつまでたっても世界中から信頼を得ることはないでしょう。実に不思議で哀れな国です。

文大統領は反日を掲げて支持率のアップを目論んでいるのでしょうが、国内では人気を得ることが出来ても国際的には大きく評判を落とすことになることが分かっていないようです。

(2017/08/25)

遺憾で済まない

　第二次大戦中に強制労働をさせられたとして、韓国人四人が新日鉄住金（旧新日本製鉄）に損害賠償を求めた訴訟で、二〇一八年十月三十日、韓国の最高裁にあたる大法院は新日鉄住金に対し計四億ウォン（約四千万円）の支払いを命じる確定判決を出しました。これに対し、日本政府は韓国政府が賠償金の肩代わりを行う立法措置などを取らない限り、国際司法裁判所（ＩＣＪ）に提訴する方針を固めたということです。

　徴用工問題に関しては一九六五年の日韓請求権協定で完全に決着しているのは周知の事実であり、今回の判決がいかに不当なものかをＩＣＪに諮るのです。二〇一五年の慰安婦問題の「最終的かつ不可逆的な解決」を確認した日韓合意の不履行など、韓国の傍若無人ぶりは枚挙にいとまがありませんが、今回の件はいつもの「遺憾である」で済まされるものでは到底ありません。徹底的に白黒をつける必要がありますので提訴は大賛成ですが、気になるのはその時期です。

　現在、韓国側が「韓国政府内でいろいろと判決への対応を検討している」と釈明しているため、日本側は当面は対応を見守るということのようですが、どこまでお人よしなのでしょう。韓国はいたずらに時間稼ぎをして有耶無耶にしようとしているのは明らかです。さっさと行動を起こし、韓国司法の、そして国家としてのデタラメぶりを世界中に知らしめなければなりません。

日本国として不退転の覚悟をもち、この問題に対処していくことは当然ですが、懸念されるのは企業が賠償金を支払ってしまうことです。日本を代表する大企業ですから、数千万の金なんか痛くもかゆくもないでしょう。現代の企業はコンプライアンスが重視され、その中でも「人権」を軽んじる会社は生き残ることができませんので、ことが長引いて世界中に悪いイメージを撒き散らかされるくらいなら、さっさと支払って終わりにする方が得策だという判断をしないとも限りません。

しかし、今回の徴用工問題は人権無視でもなんでもありません。なおかつ徴用工でもなく、高賃金にひかれて自ら応募してきた人たちです。その意味では日本のメディアが「徴用工裁判」という見出しを付けるのは間違っています。

新日鉄住金が日本の企業としてのプライドがあるなら、歴史を十分に理解した上で、決してその場しのぎの近視眼的な選択はしないでいただきたいものです。さもなければ韓国は、日本にいちゃもんさえつければ、いくらでも金を引き出すことが出来ると考え、今後、訴訟を乱発してくることは間違いありません。なにしろ相手は「たかり、ゆすり」をまったく恥と思わない国だからです。

戦後何度となく繰り返されたこの悪弊を断ち切るためにも、ここは一歩も引くことはできません。

(2018/11/10)

慰安婦合意について

旧日本軍の従軍慰安婦だったと主張する韓国人女性十二人が、「慰安婦問題の最終的、不可逆的解決」をうたった二〇一五年末の日韓政府間合意で精神的損害を受けたとして、韓国政府を相手取り、一人当たり一億ウォン(約九百万円)の賠償を求める訴訟をソウル中央地裁に起こしたというニュースがありました。

これは日本政府が法的責任を認めていないのに韓国政府が「手打ち」をしたことが大いに不満であり、それを金銭により償えというものです。何にでもいちゃもんをつけて金にしようとはいつもながら呆れた話です。

しかし、まあこれは韓国人が韓国政府を訴えた裁判で、自国内で勝手にやってもらったらいいだけの話ですが、韓国民間調査機関が発表した日韓合意に関する世論調査の結果は実にふざけたものでした。

それによると日本大使館前にある少女像について、「日本側が合意を履行すれば、移転しても構わない」と回答した一〇パーセントに対し「合意を履行したかどうかにかかわらず、移転に反対」と答えた人がそれを大きく上回る七六パーセントにも上っているのです。韓国人は国家間の約束事をちゃんと理解できない国民なのでしょうか。

「大東亜戦争が終結して七十年以上が経過したのにもかかわらず、日韓両国は従軍慰安婦の問題で未だ、いがみ合った状態が続いている。これはお互いの未来にとって非常に不幸なことです。よって、歩み寄れる部分は歩み寄り、問題の解決を図りましょう」というのが合意の趣旨だったはずです。

合意内容は日本側の譲歩の方が明らかに多いものでしたが、問題早期解決のために日本国民は甘んじて受け容れました。それに対して韓国国民のこの対応はどうでしょう。とはいえ、人間の感情は周りがコントロールすることは出来ませんので、百歩譲ってそれも仕方がないことだとしましょう。ただ、だとしてもどうしても納得できないのは、それならば「約束した慰安婦像の移転は現状では不可能ですので、日本側が約束した十億円も貰うことはできません」となぜ言わないのでしょうか。

相手にだけ約束を守らせておいて、自分たちは相変わらず身勝手な主張を続けることに何の抵抗もないのが不思議です。本当に恥を知らないふるまいです。いずれにせよ日本政府は合意に基づく十億円を韓国の財団に拠出しました。これで「慰安婦問題の最終的、不可逆的解決」は国際社会においても完了したのです。

今後、再度韓国が金の無心をしてきても一切相手をする必要がないことは、世界が認めているのです。

(2016/09/09)

慰安婦問題を蒸し返し続ける

韓国国会は、元慰安婦をたたえる記念日を制定する「慰安婦被害者生活安定支援法改正案」を可決しました。これで来年からは毎年八月十四日は法定の記念日となります。改正法では、八月十四日に国や自治体が記念日の趣旨に沿った行事や広報を行なう努力義務が盛り込まれており、具体的には慰安婦問題を国内外に広く知らせ、被害者を記憶する活動をしましょう、ということです。これは「国際社会において、慰安婦問題について互いに非難、批判することは控える」とされた二〇一五年の日韓合意に明らかに反するもので、韓国では合意が完全に反古になったことを示すものです。韓国国内だけに留まらず、世界中の都市に「慰安婦像」を設置する動きといい、「最終的かつ不可逆的に解決」されたはずの慰安婦問題が前にも増して大きくなっていることは、腹立たしい限りです。

韓国人はいったい国家間の約束をどう考えているのでしょうか。いくら個人的に気に入らないことがあっても、それは自分の国が決めたことです。不満があるなら自国にぶつけるべきであって、相手国を一方的に貶めるようなことは普通の感覚なら出来ないはずです。それとも、まさか「北」と同じように正しい情報が国民に伝えられていないなんてことがあるのでしょうか。

いずれにしても、約束は守るということは、国家レベル、個人レベルにかかわらず付き合いをする上において最低限のルールです。それが出来ないのであれば、まともに付き合うことなんか出来ません。結局、未来に向かって進もうと日韓両国が国家として結んだあの日の合意は、残念ながら日本が詐欺に遭って、まんまと十億円の拠出金をせしめられたに過ぎないものになってしまいました。

(2017/12/02)

韓国の犯罪

戦時中の補償を言い募っている韓国ですが、加害者として裁かれる可能性もあります。

朴槿恵・韓国大統領らに対し、ベトナム戦争で韓国軍兵士に性的暴行を受けたベトナム人女性やその家族らが、韓国政府による謝罪と賠償などを求める請願書を提出したというニュースがありました。

今回は四人の被害女性と、暴行により生まれた男性一人が謝罪を求めていますが、実際の被害者の数は数千人以上、そのうち現在も生存しているのは約八百人とされています。ベトナム戦争が終結してから四十年が経過し、今行動しなければこのままなにも無かったことになると考えての行動です。

六十歳の女性は母親が暴行され弟を生んだ二年後、自分も暴行され息子を出産したといい、六十六歳の女性は、「薪を集めていたときに兵士に襲われ、一九七〇年に出産したのですが働くこともできず、子供に教育を受けさせることもできなかった」と訴えました。戦争という狂気の中では、想像を絶する非人道的なことが平然と行なわれます。被害に遭った方たちの希望に満ちるべき人生は無残にも打ち砕かれてしまったのです。

ベトナム戦争時、韓国兵は多くのベトナム女性をレイプしたと言われています。そしてその結果、父親不明で生まれた混血児は数千人～一万人と言われています。彼らは「ライダイハン」と呼ばれてベトナムの社会問題の一つになっています。ライダイハンの語源は、ベトナム語で「ライ」は「混血」、「ダイハン」は「大韓」を意味し、韓国人男性とベトナム人女性の間に生まれた子供を指します。彼らはベトナム解放後は、「敵軍の子」と呼ばれ、迫害を受けてきました。実に痛ましいことです。

ベトナム戦争当時、韓国兵はベトナム人に非常に怖れられていました。というのは、民間人の虐殺や強姦事件を頻繁に起こしていたからです。これらはおびただしい証拠があり、おぞましい写真も多く残っています。

戦後七十年経った今も、ありもしない従軍慰安婦強制連行問題で執拗に日本を非難している韓国が、被害を受けたベトナム人女性に対して、はたしてどのような対応をするのか、非常に興味深いものがあります。

(2015/10/23)

ライダイハンの悲劇

イギリスの民間団体の調査によると、ライダイハンは約一万人もいるといいます。しかし、韓国政府は事実関係を一切認めず、いまだ謝罪すら行なっていません。そんな韓国の誠意が試されることになったというニュースです。

アメリカ・ワシントンの連邦議会議事堂で、韓国系米国人団体が「慰安婦像」の特別展示を実施する動きに対し、イギリスの民間団体がベトナム戦争当時の韓国軍兵士による性的暴行問題を象徴する「ライダイハン像」を展示会場に持ち込むというのです。英団体は「第二次世界大戦とベトナム戦争の区別なく、女性への性暴力を犯した者はその行動に責任を取らねばならない」と訴えています。至極もっともな主張です。

日本は韓国人女性を強制連行し慰安婦に仕立て上げた事実はないにしても、経済活動としての慰安婦という名の売春婦の存在は否定せず、不幸な時代を生きた韓国人女性のために人道的立場から多額の支援金を拠出し、安倍総理が反省の気持ちも表明しています。それに対し韓国市民団体は尚も金を取ろうとしてか、相も変わらず執拗に世界各地に「慰安婦像」を建てており、韓国政府もそれを容認している状況です。

日本は韓国に対して、本来は補償すべきものではないことにも手厚い補償を行なってきました。もう、今後は一切なにもする必要はありません。

慰安婦の場合はあくまでも金銭が介在して両者合意の上での性行為ですが、韓国兵士がベトナムで行なったものは合意もなにもない暴力による強姦です。われらは戦時における性の被害者だと言い張っていた韓国が、実は最も憎むべき加害者だったと突きつけられたのも同然です。言い逃れしようにも、前述のようにベトナム国内には現在も一万人の生き証人が存在します。さあ、どうする、韓国。

（2018/06/16）

韓国の厚顔

二〇一五年末に岸田外務大臣が韓国を訪問し、両国外相会談が開催され慰安婦問題を最終決着させることで合意しました。そのときの取り決めではソウルの日本大使館前に設置されている慰安婦像を撤去することを条件に、日本側が十億円のお金を支払うことが織り込まれていましたが、一年経ってどうなったでしょうか。

日本側は翌年八月に約束した十億円の拠出金を韓国側に支払いましたが、韓国側はソウルの像の撤去はおろか、釜山の日本総領事館前に新たに慰安婦像を設置するという行動にでました。韓国政府は「努力はしているものの国民感情は抑えられない」などといろいろ釈明していますが、これは国家と国家の取り決め事項であって、そんなものは日本に対する何の言い訳にもなりません。

今さらながら韓国の厚顔ぶりには呆れてしまいます。百歩譲ってもし、それで約束を履行できないのであれば、「申し訳ありません。我々の政府では約束を守ることができません。よって、いただいたお金はちゃんとお返し致しますので、なにとぞあの合意はなかったことにしてくださいとでも言うのならまだ少しは可愛げもあるのですが、「もらった金は返さない、できないものは仕方が無い」が国際社会で通用すると思っているところにこの国の程度の低さを感じます。

二〇一六年末、安倍首相がオバマ大統領とともに日米開戦の発端となったハワイ真珠湾を犠牲者の慰霊のために訪問しました。またその半年前にはオバマ大統領が現職の大統領として初めて被爆地広島を訪れています。先の戦争はどちらの国にとっても不幸なものであったことは間違いありませんが、戦後七十年以上が経過し日米両国は同盟国として良好な関係を築き未来に向けて進んでいます。そこにはお互いの反省はあっても〝賠償金を払え〟などという過去を引きずるものはありません。

しかし、安倍首相のその際のメッセージに対し、一部新聞紙上で「真珠湾の犠牲者の慰霊より、大迷惑をかけたアジア諸国に対する謝罪の方が先だ」なんて意見が性懲りもなく取り上げられたことにはがっかりしました。その発言をした者はいったいいつまで謝れば気が済むのでしょう。まさか永遠に謝り続けろとでも言うのでしょうか。とても同じ日本人の意見とは思えません。

この本ではもう飽きるほど繰り返しますが、韓国との間では金銭的な補償は既に一九六五年の日韓請求協定で解決済みだったはずです。慰安婦の問題も当然その中に含まれていました。しかも、日本側はこれ以上この問題を長引かせることは両国の未来にとって悪影響があるとして、今回もまた譲歩したのです。ところが、前述の結果です。もちろん少なくない人がこの結末を予想していました。ほかならぬ私もその一人です。しかしこんな予想は難しくもなんともありません。韓国のこれまでの行動を見ていたら誰でもわかります。

相手は大ウソつきのたかり屋みたいなものです。謝れば謝るほど相手は増長して法外な要求をしてくるのです。たかり屋相手の交渉には終わりがありません。いつまでも付きまとわれるのは真っ平です。

（2017/01/06）

国民性と差別

二〇一八年十二月、海上自衛隊の哨戒機に対し、韓国海軍の駆逐艦が火器管制レーダーを照射しました。このことに端を発した一連の問題を分かりやすく例えると、次のような話になるのではないでしょうか。

自宅の庭でなにやら物音がします。様子を見るために外に出てみると、そこには隣のオッサンが見ず知らずの怪しげな男と一緒にいました。

彼はこちらに気付くなりいきなりナイフを取り出し、今にも刺す勢いで突き付けてきます。危険を感じて部屋の中へ避難し、隣家へ電話すると、隣のオッサンは「ナイフなんか持っていなかった」ととぼけます。庭には防犯カメラが設置してあり、それにしっかりと映っていると指摘すると、今度は「庭に突然現れてびっくりさせたお前が悪い。謝れ」と開き直ります。

それどころか、「あんたは町内中に『あの家は言いがかりをつけてひどい』と言いまわって同情を買おうとしている」と言う始末です。

韓国の言い分の無茶苦茶さには今さら驚くこともありませんが、呆れるのは、この一連の問題について伝えたフジテレビのニュース番組に対して、日本国内から「人種差別があった」という批判が寄せられたことです。

番組では、哨戒機が駆逐艦に対して低空で「威嚇飛行」をしたとする写真を韓国が公開したことをＶＴＲで紹介したあと、キャスターが「韓国人の交渉術」というパネルを示して解説を始めました。それは韓国文化をよく知る記者から聞いた内容だとして、「①強い言葉で相手を威圧する。②周囲にアピールして理解者を増やす。③論点をずらして優位に立つ」というものでした。今回の韓国側の対応はまさにぴったりと当てはまるではないですか。見事な分析です。ところが、この記者の分析に、「人種差別だ！」と嚙み付く者がいると言うのですから、開いた口がふさがりません。

批判者は、「今回の韓国側の主張は政府が言っているだけであって国民は関係ない」という論理のようですが、バカ言っちゃあ困ります。国家は国民の集合体で、そこの政府は国民を代表しているのです。たしかに韓国人の中にも物事を客観的に捉え、ことの善悪を判断できる良識をもった人はいるでしょう。しかし、それらが少数であればあるほど全体に対しての影響は少なく、良くも悪くもそれが国民性というものになるのです。そして、それを指摘することが人種差別というのなら「国民性」というものを一切語れなくなります。

国民性とは一〇〇パーセントがそうだというものではなく、大多数にその傾向があるというものです。今回の批判者は「イタリア人の男性は女性にすぐ声をかける」「ジャマイカ人はレゲエ音楽が聞こえると自然と身体が動き出す」「中国人は列に並ばない」

等々、巷間言われているようなこともすべて人種差別だと言うのでしょうか。

事実を事実と認めず言いがかりをつけるこの批判は「③論点をずらして優位に立つ」そのものズバリです。

（2019/02/02）

韓国はパクる

韓国の作家が三島由紀夫の作品『憂国』を盗作したというニュースがありましたが、その女性作家は韓国国内でトップ級の人気作家だというから驚きました。二〇〇八年に発表した作品は二十二ヶ国で出版され、二百万部も売り上げたそうです。

無名の作家が盗作するなら、まだ理解もできます。しかし、一作で二百万部も売り上げるベストセラー作家が、よりにもよって日本の小説を盗作するとは、と思います。しかも三島由紀夫と言えば世界的な作家です。盗作すれば、必ずバレます。

盗作作家の言い訳がなかなか面白いです。最初は否定していたそうですが、京郷新聞のインタビューで、「『憂国』と何回か照らし合わせてみた結果、盗作であるという気がした」ということです。

彼女の行為は全韓国人特有の行為と言いたいところですが、そんなことを言えば、私はすさまじい批判をくらうでしょう。今回の事件は、韓国人全体でやったわけではなく、彼女個人の行為だからです。

ただ、このニュースを聞いた私の本音は、「ああ、またか」というものです。というのは、韓国はこれまでありとあらゆる日本文化をパクってきたからです。日本で流行ったものはすぐにそっくり真似て作ります。人気漫画やアニメの盗作はもう日常茶飯事とも言えるほどです。マジンガーZ、ドラゴンボール、セーラームーン、ドラえもん、北斗の拳、などなど。だから、三島由紀夫の作品が盗作されたと聞いても、本来なら驚くべきことではないのかもしれません。

韓国人の反日感情はすごく高いというのはよく知られていることですが、そこまで嫌いな国のものはパクらなくてもいいじゃないかと言いたくなります。

(2015/06/26)

中国もパクる

インドネシア政府はジャワ島の高速鉄道計画で、日本と受注を競っていた中国の案を採用することに決めたそうです。これにより日本の新幹線案は却下となったわけです。

しかし、記事を読み進めていくととんでもないことがわかりました。日本とインドネシアは数年前から協力して高速鉄道導入のための需要予測や地質調査を行なっていたといいます。ところがその調査結果がインドネシアの親中派の関係者により中国側に流失し、二〇一五年三月になって突如中国もこのプロジェクトに参入してきたようです。そしてそのわずか五ヶ月後の八月に中国が提出した案は、日本がすでに提出していたものとルートも駅の位置も全部同じで、違うのは金額の見積もりだけでした。

さすがコピー大国の中国です。日本案をそのまま丸写しにしていたのです。その証拠に中国が地質調査をした形跡は全然ないといいますから、厚顔無恥とはこのことです。地質調査もしないのですから、そりゃ安く済むのは当たり前です。

しかし、資金が潤沢でないインドネシア政府は、採算を考えて最後の譲歩をしなかった日本より、どうしても受注したくて大部分の要求をのみ、資金面での支援を前面に押し出した中国を選んだわけです。まさに「中国まねー」恐るべしと言ったところでしょうか。

日本の素晴らしい技術を輸出できないことは非常に残念ですが、仕方ありません。インドネシアは親日国家です。立派な鉄道ができることを願いたいところですが、なにしろ選んだ相手が事故の発覚を隠すために車両をいきなり埋めてしまうような国です。中国に日本の新幹線と同等のものを作る技術は期待できません。見た目はそっくりでも中身は大きくちがいます。

インドネシアは間違いなく、「安物買いの銭失い」になることでしょう。(2015/10/09)

中国軍もパクる

中国の海軍が創設六十八周年を迎えました。それを祝って中国国防省がウェイボー、ウィーチャットの国防省アカウントに掲載した画像が、自国のインターネットユーザーから批判を浴びている、というニュースがありました。

問題の画像は、大海原を行く空母群の上空に戦闘機が飛んでおり、その上に「六十八歳誕生日おめでとう」の文字が重なっている、パッと見は勇壮な中々カッコいいデザインです。しかし、よく見てみると戦闘機のうち一機はロシア軍機で、メインの空母の周りの艦船は米軍のものだったのです。せっかくのお祝い画像を他国軍のもので構成するのはいかがなものか、という批判が中国国内から寄せられたそうですが、私はそうした批判を寄せた中国の人たちに言いたい。

あなたたちは自分の国のことを何もわかっていないのですか、と。

あなたたちの国は、よかれと思ったものは著作権や特許なんてお構いなしに、なんでも元から自分たちが作った物のようにして、平然としていられる国なのですよ。いくら外国から非難されようと、そんなこと一向に気にしないおおらかでスケールの大きな国なのです。パクリを恥じるせせこましい気持ちなんてこれっぽちも持ち合わせていないのです。まさに大人《たいじん》です。

件の画像も、そこいらにある複数の適当な画像を組み合わせて作った、なかなか素敵なものではないですか。表面的にかっこよければ何でもいいんですよ。かつて北京オリンピックのはげ山を外国人に見られるのが恥ずかしいからと、緑のペンキを塗りたくって、美しい山にしたこともあったではないですか。

今さらネットの画像程度のものにいちいち目くじらを立てていたら、中国に生まれて何年暮らしてきたんじゃ、と周囲の人に怒られてしまいますよ。

生粋の中国人なら、パクリ大国の国民という自覚をもってもらいたいものです。我々から見たら「ああ、またやってるね」くらいにしか感じないのですから、そんなに気にすることありませんよ。

（2017/05/12）

無印良品もパクられた

反ブランドを旗印に誕生し、国内外合わせて九百店舗以上を展開する日用雑貨大手販売チェーンの「無印良品」が、中国の〝ニセ無印〟が起こした裁判に負けて無印良品と名乗ることを禁じられてしまったというニュースがありました。

皮肉にも中国では「無印良品」が超有名ブランドで、だからこそ狙われてしまったのです。本家「無印良品」は現在では中国国内に二百四十店以上ありますが、一号店のオープンは二〇〇五年でした。しかしその前に中国の別の会社がベッドカバーやタオルなどを売る会社として日本の無印良品の商標を取得していたのです。この〝ニセ無印〟は店の造りから商品の並べ方、表示まで日本の無印を完全に真似ており、違うのはその品質だけで、間違えて買った客はあまりのひどさに非難囂々だといいます。本来なら、粗悪な商品で「無印良品」の名前を貶めたとして本家が賠償金を請求してもいいくらいですが、中国国内に三十ほどの店舗をもつこのニセモノの方がぬけぬけと日本の無印良品を「権利侵害」で訴えていたのです。常識的に考えたら、どちらが正しいのかはすぐわかると思うのですが、そこは「パクリは文化」と後ろめたさを微塵も感じることのない中国です。なんと〝ニセ無印〟の言い分を認めてしまいました。

中国では今までにも、日本では誰もが知っている有田焼、今治タオル、高島屋や挙句の果てには都道府県名である「AOMORI」まで勝手に商標登録しようとした者たちがいるそうですから、開いた口が塞がりません。

彼らがなぜ、自分たちに関係ない名詞を登録するのかというと、いつの日か中国に進出してきたそれらのブランドに、権利を高値で売るためです。実際、アメリカのアップル社は無名の中国企業に四十八億円を支払って「iPad」の商標権を買い戻しています。

なにしろ公称人口十四億人（実際にはもっと多いと言われています）の巨大マーケットですから、そこに販路拡大を目論む企業が多いのは確かです。それをいいことに元手なしで一攫千金を狙うのですから困ったものです。

しかし、こんな判決がまかり通るのなら、そのうち品質保証の伝家の宝刀「メイドインジャパン」という言葉を商標登録されないか心配です。

(2018/11/10)

言論の不自由

アメリカ東部の名門校・メリーランド大学での卒業スピーチにより、中国人の女子留学生が謝罪に追い込まれる事態になったというニュースがありました。

彼女は留学のために生まれ育った中国を旅立ち、アメリカの空港に着いたときの印象を、「空気はとても甘くて清新で、本当にぜいたくだった」と述べ、「空港の外で息を吸って吐いた時、自由を感じた」と続けました。PM2・5など恒常的な大気汚染に見舞われている中国に比べたらアメリカの空気が澄んでいるように感じるのは当然です。それに抑圧の極みの国のような中国から、「自由の国」アメリカへ到着したのですから、その喜びを訴える気分もわかります。

そんな彼女の正直な感想を語ったスピーチがネット上にアップされると、同じ中国人留学生や中国のネットユーザーが一斉に噛み付きました。「祖国を侮辱するような奴は許せない！」「そんなにアメリカが良いなら帰ってくるな！」など、集中砲火を浴びる結果となってしまいました。

中国の国営メディアもそんなコメントを引用する形で、スピーチに対する批判を展開し、彼女を追い込みました。逃げ場のなくなったこの女子学生は、いたたまれなくなり遂には謝罪するはめに陥ったのです。

彼女を攻撃していた連中は謝罪させたことに浮かれているのかもしれませんが、なんとも浅はかなものです。なぜならば、そんな自分たちの言動こそが彼女の言う「言論の自由も無い中国」を証明したことに気がついていないのですから。

（2017/06/09）

中国の人権派

中国では人権派の弁護士や活動家への弾圧が続いており、拘束されることも珍しくありません。

日本で「人権派弁護士」といえば、反日の「左翼弁護士」が多いですが、中国の「人権派弁護士」は本当の意味での「人権派」です。彼らの多くは中国の真の民主化を望んでいます。

二〇一五年七月、それらの人々を中国の官憲は一斉に拘束したのです。中国という国の正体が見えた瞬間です。中国には「自由」も「言論」もないということを自ら証明したのです。もっとも、これは今に始まったことではなく、中国共産党は過去に何度も（定期的に）同じことを行なっています。

何より呆れるのは、共産党機関紙・人民日報と国営新華社通信は、この事件を「公安当局が『重大犯罪グループ』の摘発を行なっている」と伝えたことです。共産党にとって都合の悪い人物を正当な理由もなく拘束し、彼らを「重大犯罪グループ」と報道する恐ろしさです。

拘束された人々の名誉を回復することは不可能でしょう。いや、名誉どころか、凶悪犯の冤罪を着せられ、死刑にされる可能性さえあります。

その事件があってしばらくしたある日、中国で流れているNHKの海外向け放送のニュース番組が、突然、画面が真っ暗になり、二分半何も映らないということが起きました。これは放送事故などではありません。実はこの二分半は「中国が人権派弁護士や活動家らを大量に拘束した」という内容のニュースだったのです。

中国はそれらのニュースを国民に知られないように、それを扱った部分はすべてカットするのです。つまり中国国民は、海外にいる私たちでも知っている事件——自分たちの政府が何を行なっているか、また自分たちの国で何が行なわれているかを、まったく知らされないのです。

テレビは無理でもインターネットがあるじゃないかと思われる皆さん、それも間違いです。中国では、インターネットのニュースもすべて厳しい検閲があり、政府や共産党にとって不都合なニュースやサイトは削除され、あるいはブロックされ、一般国民はネットでも見られないようになっています。

おびただしい量の海外ニュースやネットのサイトをすべて消すのは不可能に思いますが、中国はすさまじい数の人間を使って、二十四時間ネットを見回り、不都合な書き込みはすべて消して回っているのです。もう想像するだけで恐ろしい世界です。

今、私たちを脅かしている中国というのは、こういう国なのです。（2015/07/17）

ユーチューバー逮捕

四千四百万人という膨大な数のフォロアーを擁する上海在住の二十一歳中国人女性ユーチューバーがチャンネルを閉鎖されたうえ、五日間も当局に拘束されたというニュースがありました。

さて、この女性はどんな恐ろしい映像をユーチューブにアップしたのでしょうか。私も気になるので調べてみました。すると、この女性は両手を軽やかに振って拍子をとりながら、高い音程で軽妙に中国国歌を歌う様子をユーチューブにアップしていたことがわかりました。それだけです。

たったそれだけで上海警察は、国歌を公共の場で侮辱してはならないと定めた中国国歌法に反するとして女性を連行したのです。信じられませんが、本当の話です。

たしかに国歌を冒瀆するようなマネは感心できませんが、それでも若い娘が調子に乗ってちょっとふざけただけのことです。それを有無を言わさずしょっ引くのですから迂闊に歌も歌えません。

これは三ヶ月以上も拘束されて莫大な金額の罰金を言い渡された脱税容疑の有名女優同様、見せしめの色合いが強いのでしょうが、日本では考えられないことです。わが国では卒業式など公式の場であっても国歌斉唱を拒否し、起立さえもしない不敬千万な公務員でものうのうと暮らしていけるのに比べて、えらい違いです。

要するに日本では表現の自由が保障され個人の権利が最大限に尊重されますが、中国は一応「法」という体裁はあるにせよ、その実、当局の思いつきひとつでいくらでも解釈を変えられる国ということです。善良な中国国民のみなさんには気の毒なことだとは思いますが、そんな横暴は自国内だけで勝手にやっていてもらいたいものです。国外にもそれが適用できると考えている限りは、どれだけ経済力が強くなろうが世界の尊敬を集めることは絶対にありません。

たっぷりとお灸をすえられた今回の女性は、「愚かでした。ふざけて国歌を歌ったことを謝罪します。中国には一生服従します」などと述べた謝罪文を発表しました。謝罪しないと、今も拘束されたままかもしれません。

ちなみに中国国歌「義勇軍行進曲」の冒頭は、「立ち上がれ、奴隷になるのを望まぬ人たちよ」ですが、かわいそうに彼女は国歌によって一生国家の奴隷になることを表明させられてしまったのです。

（2018/11/03）

中国人の暴挙

国家の話から一挙にスケールダウンするのですが、こんなニュースもありました。札幌市内のコンビニ店で新婚旅行のために訪日中の中国人夫妻が、店員に暴行をはたらいたとして現行犯逮捕されたそうです。

事件の内容はこうです。買い物かごに入れた商品をレジに持って行ったまではよかったのですが、店員がレジ打ちをしている最中に妻がアイスクリームを開封し食べ始めてしまったらしいのです。気づいた店員は他の客の迷惑になってはいけないので店の外を指さすなどの手ぶりをして、店外に出て食べるよう指示をしました。

ところが、「妻が侮辱された」と勘違いした夫が店員に殴るなどの暴行を始めたということです。妻のほうも夫に加勢して店員の髪の毛をつかんで蹴るなどしたといいますから、とんでもない似たもの夫婦です。

このニュースを見てほとんどの日本人は会計前の商品を食べるなんてやっぱり中国人はマナーがなってないと思ったことでしょう。しかし、いろいろ調べてみますとアメリカなどでも会計前のものを食べたり飲んだりすることが当たり前のようです。買い物中にちょっとのどが渇いたからカートの中のコーラを一口、という具合に。中身を食べたバナナの皮だけを精算などもOKらしいのです。

かつて日本では歩きながらの飲食は下品だと言われたものです。でも現在は普通にハンバーガーを頬張りながら歩く若者を見かけます。文化はどんどん変化していくので、やがて日本でもスーパーマーケットの中で商品を食べながら買い物をするようになるのかもしれません。その国独自の習慣や文化があるのでどれが正解かは一概に言うことは難しいようです。

しかし、これだけははっきりとしています。「無抵抗な人を殴ってけがをさせてもいい国」は、過去も未来も世界中どこにもないということです。

(2015/10/02)

暴れる人たち

「爆買い」した荷物を大量に積んだカート同士がぶつかり、相手を殴ってけがをさせたとして中国籍の女（四十二歳）が現行犯逮捕されたというニュースがありました。

被害者も「爆買い」した中国籍の女性（四十六歳）です。事件の内容は成田空港ターミナルビルで搭乗手続きのため待っていた四十六歳女性のカートに、前を通った四十二歳女のカートが衝突し、女性が注意したところ口論になったそうです。中国人同士の言い争いですからさぞかし激しいものだったでしょう。まわりの日本人はあっけにとられていたはずです。

女は「突き飛ばしたが、殴ってはいない」と言っているそうですが、突き飛ばしただけでも十分に暴力です。中国人の起こす事件は日本人の常識では理解できないケースが多いように感じます。

また福岡では、四十八歳の中国人ツアー添乗員が飲食店からの通報により駆けつけた警察官に公務執行妨害の疑いで逮捕されたとのニュースがありました。公務執行妨害とは何をしでかしたのかというと、早い話がお巡りさんに噛み付いたのです。

警察官に噛み付くというのも呆れますが、そもそも通報された理由というのが、それ以上に呆れるものです。この飲食店は食べ放題飲み放題のシステムで営業していたのですが、この添乗員が連れてきた客たちが制限時間を過ぎたのにもかかわらず注文を繰り返していたため、たまりかねた店側が対応に窮して通報したというのです。

食べ放題の店に制限時間があるのは当たり前です。もしなければずっと店に居続けて永遠に食費がかからずに生きていけることになってしまいます。そんなことをされたら店はすぐに倒産してしまいます。それに制限時間は腹一杯食べるのに十分な時間は確保されているのが普通です。彼らは一体どんな胃袋をしているのでしょうか。

ひょっとしたらまだ本当に食べ足りなくて、仲裁に入った警察官を食べようとしたのかもしれません。

（2016/03/11）

イケアと中国

中国・上海に出店しているスウェーデン発祥の家具販売大手イケア（IKEA）が大変なことになっているようです。

出店当初から多くの中国人が冷房のきいている館内に涼を求めて居座り弁当を広げるだけでなく、展示してある売り物のベッドで勝手に昼寝を決め込む者まで現れるなどやりたい放題の状況でしたが、ここにきてその主役が高齢者たちに移ってきているのです。

彼らはイケアの中にあるレストランを恋人探しの場として利用しているそうで、毎週火曜日と木曜日に、離婚したり夫や妻と死別したりして一人暮らしをしている人たちが、男女の出会いを目的として集まってきているのです。

一般的に人が集まればそこには商機が生まれるのですが、そこは中国、ほとんどの人が蒸しパンと水を持参しており、席は占領するが注文は一切しないという、店側にしたらなんとも困った事態が続いています。

食べ物を提供するのがレストランなのに商売に結びつかないそのような使い方をされていることに、経営側は随分と困惑しており、ついには「注文しない人はお断り」という貼り紙を掲示しました。その案内には、「長時間」居座って「大声で話す」「合コン目的のグループ」の入店を認めないことに加え、つばを吐いたり、口論やけんかをしたりすることも禁じると書かれているといいますから、中国人のマナーの悪さは私たちの想像を超えたところにあるようです。

世界中で店舗展開するイケアは、急速に拡大する中間層の消費力に期待して中国に最大規模の店舗を複数構えています。しかし、本来のターゲットである購買層より下の層の大量来店は明らかな誤算だったようです。

高齢者たちは居座るために一番安いパン一個だけを購入するそうです。ただ、そのパンがなくなると店を追い出されるので、食べずに置いておき、相変わらず持参した物を食べながらおしゃべりするという対抗手段にでているようです。

まさに中国人の身勝手さを象徴するようなニュースですが、そんな高齢者たちの言葉「子どもたちは近くにいないし、顔を見に来ることはあっても週末だけ。ここは居心地がいい」「ケンタッキーフライドチキンは若者に占領されていて居場所がない」にはわが国にも通じるところがあり、少しばかり同情してしまいます。まあ、それにしても元気な老人たちです。

（2016/10/28）

中国政府の人権意識

中国政府が世界で最も人権意識の高い国の一つとして知られるスウェーデンの警察の「人権侵害」を非難し、外交問題に発展しているというニュースがありました。

ことの発端は、中国人一家三人が観光目的でスウェーデンの首都ストックホルムを訪れたときのことです。この一家は夜中の二時ごろ市内のホテルに到着しましたが、チェックインできないと告げられました。なぜなら彼らが予約していたのは次の晩の宿泊だったからです。いくら早く着いてしまったといっても、まだ前日の客がいる部屋に案内することなんてできるわけがないのですから、ホテルのとった措置は極めて妥当です。すると一家は「なら、ロビーに泊めろ」と言い出しました。ホテル側が「なるほど、いい案ですね。どうぞ、どうぞ」なんて言うわけもなく、押し問答の末、この厄介な客に手を焼き仕方なく警察へ通報したのです。

駆けつけた警官がなおも居座ろうとする一家を外へ連れ出したところ、歩道上に寝そべったり手足をばたつかせるなど中国人一流の「駄々っ子ポーズ」で抵抗が始まりました。その間、「これは殺人だ！」「誰も助けてくれないのか！」などと大声で叫ぶ様子が周りを取り囲む数人の警察官とともに動画に撮られ、ネットに投稿されています。

自国民が外国でこんな騒ぎを起こせば、政府や大使館が謝罪するのが普通ですが、さすがは中国、対応がほかの国とはまるで違いました。

中国政府はスウェーデンに対し、「警察がやったことは中国人の生命を重大な危険にさらし、基本的人権を侵害した」「中国人観光客の安全と正当な権利を守るための具体的措置を求める」として、謝罪や補償を求めたのです。もうなんと言っていいかわかりません。あるいはその中国人一家は、中国共産党の大物だったのでしょうか。

一般的に「正当な権利」とは予約した日にホテルから客室を提供されることであって、それ以外の日までを当然のように権利主張するなんて無茶苦茶です。中国国内では「言った者勝ち」が通るのかもしれませんが、そんなものはもちろん世界基準ではありません。いくら経済的に力をつけ多くのお金を落としてくれる中国人でも、こんな面倒な観光客は御免被りたいものです。

また、そんな自国民をたしなめることもせず一緒になって騒ぎ立てる中国も、残念ながらまだまだ本当の先進国にはなりきれないようです。

(2018/09/28)

飛行機でも騒ぐ

二〇一六年の冬に北海道の新千歳空港が大雪の影響で大混乱となった時の話です。多数の欠航便が出て、十二月二十二日から二十四日の三日間で一万二千人ほどが空港内での寝泊りを余儀なくされてしまいました。普通なら大変な目にあった大勢の人たちは気の毒だったね、というニュースになるのですが、ここにも現れた爆買い中国御一行様がまたしてもやってくれました。

飛行機が欠航したことに腹を立てた中国人観光客百人ほどが騒ぎ出し、そのうち数人が勝手に搭乗ゲートを乗り越え、騒ぎを聞いて駆けつけた警察官と小競り合いになったのです。

今回の大雪は三日間に及び、足止めを食った苛立ちは相当なものがあったのでしょうが、それにしても欠航の原因は雪（自然）です。泣こうが喚こうがどうにもならないことぐらいわからないのでしょうか。あるいは中国では「みんなで乗れば怖くない」とばかりに危険など顧みずに文句を言ったら飛ばしてくれるとでも言うのでしょうか。わがままも大概にしてもらいたいものです。

騒ぎの様子はインターネットの動画サイトにアップされていますので、実際に目にすることができましたが、対応した警官はもう少し厳しい態度で当たるべきでした。相手は既に暴力行為をはたらいています。言ってわからない相手には力で制圧するしかないのです。もし今回の出来事が逆の立場だったらどうでしょうか。大騒ぎする日本人（そもそも日本人はそんなことしませんが、もしもの話です）がいたら、すぐさま中国兵が駆けつけ銃を日本人に突きつけて拘束することでしょう。そして有無を言わさず中国の国内法で裁かれることとなるのです。

逮捕者が一人もいなかったなんて、世界基準からいえばおかしいのです。日本は騒乱に寛容な国、暴れる丸腰の百人すら制圧できない国と評価されるでしょう。やさしいだけでは国際社会で通用できません。

(2017/01/06)

韓国人窃盗カップル

現在、大阪には多くの観光客が訪れており、ミナミのメインストリート心斎橋筋などは日本人より外国人の方が多いほどです。インバウンド(訪日外国人観光客)が増える事はわが国経済にとって非常にありがたいことですが、それは真面目なお客さんに限っての話です。

「ドン・キホーテ」道頓堀店で万引きを働いたとして二十代の韓国人カップルが逮捕されました。この二人は胃腸薬など計五十二点(約十二万円相当)を盗んだ疑いだったのですが、話はこれだけで終わりませんでした。店が防犯カメラをチェックすると、このカップルは朝から何度も来店しては実行役と見張り役を交代しながら犯行を繰り返していたのです。その回数なんと七回といいますから驚きです。

どこの観光地にも行かず、ただドン・キホーテとホテルを往復していた彼らの来日目的は、入国時に申請したであろうサイトシーイング(観光)などでは決してなく、盗みのための出稼ぎだったのです。アリがせっせと獲物を巣穴に運び込むがごとく、盗んだものを宿泊先のホテルに隠しては再度の出動を繰り返していたのです。警察がホテルの部屋を確認すると、あるわあるわその数千百点以上、約百五十二万円分も隠されており、押収したそれらを並べた大阪府警南署はまるで店の倉庫のようになってしまいました。

それにしても店の防犯カメラはなんのためにあるのでしょうか。たしかに犯行の様子はしっかり押さえてありましたが、これだけ盗られ放題でしたら意味がありません。今一度防犯体制を見直すべきです。

私たち日本人は日頃何気なく使っていますが、日本の薬やベビー用品はアジアの人たちからみれば、非常に貴重な物のようです。その理由は言うまでもでも無く高品質で安全が担保されていることにあります。言い換えれば彼らの国のそれらはそれだけ粗悪品が多いということです。日頃は日本のことを馬鹿にした言動の多い彼らも、やはり日本製品には敵わないと思っていることを証明した事件でもありました。

(2018/08/18)

終戦記念日に考えるべきこと

二〇一六年八月十五日は七十一回目の終戦記念日でした。戦争体験者が年々少なくなっている今、かの大戦をいかに後世に正しく伝えていくか、真剣に考えなければいけない時期にきていると思います。

そんなわが国にとって決して忘れることの出来ない日に、国土、国民のために自らの命を犠牲にして戦った兵士が祀られている靖国神社参拝に対して、またしても中国がいちゃもんをつけました。

そもそも自国の神社に誰が何時行こうが他国にいちいち文句を言われる筋合いはありません。中国の言い分は「日本側に侵略の歴史を直視し深く反省するよう改めて厳しく促す」というものですが、この二十一世紀の現代まさに今、東シナ海、南シナ海で侵略行動をとっている国がよくもまあぬけぬけとそんなことを言えたものです。「恥」を知らない国民性だということはわかっていましたが、ここまでの厚顔ぶりには呆れるばかりです。

そしてさらに同日、韓国の国会議員十人がわが国の領土である島根県竹島に上陸しました。事前に情報をつかんでいた日本側の中止要請などどこ吹く風の強行上陸です。昨年（二〇一五年）末の日韓合意は慰安婦像の撤去を条件に拠出金を支払うというものでしたが、その約束も反故にしようとしています。これ以上韓国に好き放題させておく必要はありません。強硬な姿勢を見せて横暴を止めなければならないのです。これだけ他国になめられている現状を知ったら靖国に眠る英霊たちはどう思うのでしょうか。

重ねて言います。彼らの死を犬死にしないためにも断固とした態度を示すべきです。今年は例年にくらべて戦争に関するテレビ番組が少ないようです。リオのオリンピックもたしかに国民の関心事でしょうが、あまり浮かれてばかりいられない現実がすぐそこまで来ていることをマスコミはもっと伝えるべきです。

(2016/08/19)

日本死ね

滋賀県彦根市の滋賀県護国神社の木製鳥居に「日本死ね」と彫り込まれていることがわかりました。また、同市内の他の神社や地蔵尊などの木製扉や柱にも鋭い金属で同じ言葉を刻みつけた傷が見つかっています。警察は器物損壊事件として捜査を開始したそうですが、この事件は単なる器物損壊罪とは違います。

仏教やキリスト教やイスラム教など、世界には多くの宗教があります。ひとそれぞれどの宗教を信仰するのかは当然自由であり、だれもその邪魔をすることは許されません。そんな宗教のひとつが神道です（もっとも厳密には神道が宗教かどうかは難しい問題を孕んでいるのですが、ここは一般的に宗教ということにしておきます）。神道は日本固有の宗教であり神社はその祭祀施設として、そこはまさに日本人の心の拠り所そのものといってもいいでしょう。

そんな場所に「日本死ね」とは、腹立たしいのを通り越して情けなくなります。今年（二〇一六年）の初めには保育園に入ることができなかった子供の母親が「日本死ね」とネットに投稿して話題になりました。どこにもぶつけることのできない鬱憤をその言葉に込めたのでしょうが、それにしても自身の国を全否定するような言葉は使うべきではありません。

今回のいたずら（単にそうなのか、あるいは確固たる意思をもった確信犯的なものなのかは不明ですが）も先のものを模倣したものと思われます。日常の中ではあまり意識することもないのでしょうが、我々国民は国から多くの庇護や恩恵を受けているのです。毎日を平穏に過ごせるのも安定した国家があってこそなのです。だからこそ国民は国家を維持していくことに労を惜しんではいけないのです。

そのための根底に必要なのが愛国心です。オリンピックやワールドカップで日本人選手や日本チームを応援することだけが愛国心ではないのです。自国を憂い、提言することはあっても、その前提には国を愛する心がなければならないのです。そして愛する気持ちがあれば、「死ね」なんて言葉はでてくるはずがありません。

私が国家観を語ると、すぐに「百田はとんでもない右翼だ」などとネットを中心に書きまくられますが、私は右翼でも当然左翼でもない、ただの愛国者だと常々言っています。国を思うが故に世間からは過激ととられる発言も厭わないのです。

今こそ全国民が真剣に国の未来を考える時です。世界が大きく変わろうとしている現在、今までの常識は既に常識ではなくなっています。イギリスのＥＵ離脱、アメリカ大統領選でのトランプ氏勝利など、これまででは考えられなかったことが現実になっているのです。中国艦船が日本の領土に上陸することなんて絶対にありえないなんて、言い切れない時代なのです。

今までのように誰かがなんとかしてくれるだろうでは取り返しのつかないことになってしまいます。難しく考える必要はありません。日本人としての誇りを持って、私利私欲に囚われず本当に国にとって〝よし〟と思われる行動をとればいいのです。

ただ、「日本死ね」と書いた犯人が日本人でなかったとしたら、馬の耳に念仏でしょうが。

（2016/11/25）

自衛隊旗への言いがかり

韓国・済州島で開催される「国際観艦式」に参加する海上自衛隊の護衛艦が自衛隊旗である「旭日旗」を掲げることに対し、韓国側が掲揚自粛を要請したというニュースがありました。彼らの言い分は、統治時代の痛みを記憶する韓国人の感情に配慮すべきだというものですが、またいつもの言いがかりとしか思えません。

自衛艦旗の掲揚については自衛隊法などの国内法令で義務づけられており、さらに国連海洋法条約上も国の軍隊に所属する船舶の国籍を示す外部標識に該当しており、なんら問題はありません。むしろ掲げないことの方がおかしいのです。

「世界に悪い人はいない」「誰も日本を陥れるようなことはしない」と信じてやまない人たちの中には、「なにも相手の嫌がることをあえてしなくても」という事なかれ主義の意見がありますが、国際社会においてそんな考えは通用しません。ひとたび前例を作れば、未来永劫それをたてに次から次へと理不尽な要求を出してくるのは目に見えています。特に韓国にその傾向が強いのは慰安婦問題の河野談話をみれば明らかです。

今回の観艦式には世界中から十四ヶ国ほどが参加します。その国々が見ている中で日本は堂々と「旭日旗」をはためかせてパレードに参加すればいいのです。

日本の出方を見ているのは韓国だけではありません。ここでの弱腰は今後の日本の立場に不利益はあっても、なにひとつ利益はないのです。「日本は軍国主義により韓国を苦しめたことを認めた」と喧伝され、謂れの無いレッテルを貼られるのがおちです。

今こそ日本は毅然とした態度を示すべきです。韓国は「旭日旗」を「日本軍国主義の象徴」と言いますが、我々日本人から見ればただ「反日の象徴」として利用しているようにしか見えません。


(2018/10/05)

パレードの顛末

さて、日本が参加を取りやめた当日の海上パレードはどうだったのでしょう。なんと中国も前日に参加を見送り、マレーシアにいたっては当日にドタキャンするというドタバタぶりでした。そして参加した十ヶ国のうち国旗と軍艦旗が同じ三ヶ国以外の七ヶ国すべてが太極旗と自国旗以外に海軍旗や軍艦旗も掲げていました。彼らは韓国の言いなりにならず毅然として「軍艦には軍艦旗を掲揚しなければならない」という国際ルールを優先させたのです。

そんな国々から見て日本はどのように映っているのでしょう。「正式な軍艦旗なら自信をもって掲げたら良いのに、それが出来ないのは韓国が言うようによほど後ろめたいことがあるのではないか」なんてふうに取られてなければいいのですが。引き下がるという消極的戦法は国際社会において負けを認めたことになってしまいます。

さらに酷いのは韓国が文在寅大統領の乗った船に朝鮮時代の水軍隊長旗だった「帥子旗」を掲揚していたことです。パレードでの掲揚旗に制限を決めておきながら、自らそれを破ったのです。参加国すべてに「あの通達は何だったんだ」と総ツッコミされると考えないのが不思議です。自己都合だけで瞬時に約束事を反故にする、恥を知らない国と言わざるを得ません。結局、こんな韓国に配慮した日本だけがバカを見た結果になったのは非常に残念なことです。

身勝手といえば韓国が一方的に決めた「独島の日」に合わせて韓国の国会議員がわが国の領土である竹島に上陸し、守備隊を励ます計画を立てています。今回も事前に察知した日本は韓国側に中止を呼びかけていますが、彼らがそれに素直に従うとは思えません。平気で上陸し世界中に独島（竹島）は韓国領だとアピールするでしょう。

日本も「遺憾である」ばかりでは国際世論を味方にすることが出来ないことに、もっと敏感にならなければなりません。六十五年以上韓国の武装警官である守備隊が常駐し実効支配しているとなれば、世界は既成事実があるからと竹島は独島と認めてしまいます。戦後に連合軍から植え付けられた自虐史観による、他国とのいさかいは絶対に避けなければならないという考えから脱却しなければ、日本の国際的地位が落ちるばかりです。

いたずらに相手を刺激する必要はありませんが、言うべき事は言い行動するべきところは行動を起こすなど毅然とした態度を示さず、事なかれ主義の弱腰では不利益を押し付けられるばかりです。これ以上韓国の傍若無人を許さないためにも、今回の訪問計画は断固として阻止しなければなりません。

（2018/10/19）

（※残念ながら、この文章を書いた翌週、韓国の国会議員十三人が竹島に上陸しました。）

第五章　野党の愚

共産党の差別

共産党の藤野保史政策委員長が出演したNHKのテレビ番組で、防衛費を「人を殺すための予算」と決め付けました。共産党の極端に偏重した主張や、とりあえず何にでも反対する姿勢にはいまさら驚きませんが、仮にも現職の国会議員がこんな認識で国政に携わっていたとは怒りを通り越して呆れます。

全国ネットのテレビ放送で舞い上がってしまい、目立とうとしてつい口が滑っただけだったとしたらまだ可愛げもあったのでしょうが、発言を聞いた討論に参加していた与野党議員のほぼすべて（民進党議員だけは口を閉ざして静観）が一斉に発言撤回を要求したのにもかかわらず、頑としてそれを拒否したところをみると、強い信念を持っての発言だったようです。

防衛費とは文字通り「国の防衛」のための費用です。中国海軍の艦艇が日本の領海侵入を繰り返している昨今、今まで以上に防衛の重要性を感じる必要があるのに、その予算を否定するような発言は絶対に認められません。

彼は「人を支えて育てる予算を優先させていくべきだ」とも発言していましたが、国家が消滅したら、人を支えることも育てることも出来なくなります。国家の健全な存続が担保されなければ未来へ向けての政策なんてできやしないのです。

番組終了後、藤野議員もさすがにマズイと思ったのか、「不適切であり、取り消す」としたコメントを発表しましたが、どうせ批判を恐れただけのものであり、本当に間違っていたなんて思ってはいないでしょう。番組中に多くの人から「不適切だ」と指摘されても認めなかったのですから。

ところで、防衛費には熊本地震でも大活躍した自衛隊員たちの人件費も含まれています。防衛費が「人を殺すための予算」なら、自衛隊員は「人を殺すための要員」となります。藤野議員は日夜国民のために我が身を犠牲にしてまで働く彼らを前にしても同様にそれを言えるのでしょうか。

(2016/07/01)

恫喝議員

二〇一五年六月九日、民主党の小西洋之参議院議員は、参院外交防衛委員会で、「憲法違反のお先棒を担ぐような官僚は絶対に許さない。政権を奪い返して必ず処分する」と発言しました。

なんとも驚くような発言です。いやしくも国会議員が、犯罪を犯したわけでもない人を「処分する」などと言って許されるものでしょうか。多くの国民は唖然としたに違いありません。

しかし小西洋之という男は、昔からこうやって人を脅したり「恫喝」したりしてきた男なのです。彼はかつてツイッター上で、質問してきた一般人女性に対しても「恫喝」と見えるような言葉を使ったことがあります。

その女性は小西議員にこんな質問をしました。

「胆管癌を患っている小松法制局長官に『そのまましんじまえ』と罵声を浴びせた民主党の議員がいるそうです。小西議員、それはあなたですか?」

これに対し、小西議員はツイッターでこう返答しました。

「私はそのような発言は断じてしていません。直ちに削除頂けない場合は、党の顧問弁護士に依頼し法的措置を取らせて頂きます。なお、私の知る限りこうしたネット上の名誉毀損行為や犯罪は必ず、その法的責任が裁判所で認定されています」

質問しただけで、国会議員からいきなり「法的措置」を取ると言われたその女性は、怯えてツイートを削除しました。

にもかかわらず、小西は追い討ちをかけるように次のようにツイッターに書きました。

「削除を確認させて頂きました。しかし、大変に問題なことに既にご発言が拡散なされています。もし、仮に事態が深刻となる場合は、誠に残念ながら党の顧問弁護士に相談させて頂きます」

そしてさらに、こうも書きました。

「誠に残念ですが、ネットにおける言論報道の自由を守るためにも、違法行為に対しては全て断固とした法的措置を取らせて頂きます」

この異様な執拗さはどうでしょう。ツイートを削除したにもかかわらず、断固とした法的措置を取るという厳しい言葉に、その女性はアカウントを閉鎖しました。

一般市民である彼女が、国会議員から「党の顧問弁護士に依頼し法的措置を取る」と言われ、どれほどの恐怖にさらされたか想像もつきません。こうして何年もツイッターを楽しんできた女性はそれを奪われたのです。

そもそも彼女は小西を非難したわけではありません。「小松長官に罵声を浴びせたのは、あなたですか?」と尋ね、「違う」と答えた議員に「それでは誰ですか?」と尋ねたにすぎません。この質問のどこが「名誉棄損」にあたるものか、私にはまるでわかりません。

驚くべきことに、小西議員の追及は、彼女のアカウント閉鎖後も続きました。小西議員はツイッターでこう書いたのです。

「知り合いの複数の専門家に確認致しました。書き込みを削除して頂いても、それが拡散し深刻事態となれば当然法的な責任は免れないとのことです」

私は、小西洋之議員にまさに蛇のような執念深さを感じました。

自分にとって不都合な質問や意見をまったく認めない。そうしたものに対しては、「法的措置を取る」と脅し、発言を封じてしまう。これが言論弾圧でなくて何だというのでしょう。少なくとも国会議員は絶対に行なってはならない行為です。

実は私も小西議員から「名誉毀損で訴える」と脅されたことがあります。彼はツイッターで、「百田を訴えるために民主党の顧問弁護士と相談してチームを組んだ」ということを書きました。私は「面白い、やってもらおうじゃないか」と待っていたのですが、結局、彼は訴えてはきませんでした。

それにしても、小西洋之という議員はよほど「恫喝」が好きな男のようです。気に入らない一般人を「名誉毀損で訴えるぞ」と脅してアカウントを閉鎖させ、百田尚樹に対しても裁判するぞと言い、ついに今回は官僚まで「恫喝」しました。

私は彼が「絶対に許さない」「必ず処分する」と書いたことに注目しています。単に「許さない」「処分する」ではなく、「絶対に」「必ず」という言葉を入れているところに、彼の執拗な性格が見えている気がするからです。

それにしても「政権を奪い返して」というセリフは笑わせます。民主党が政権を奪い返すことなど有り得ないし、政権どころか、次の選挙で、小西さん自身が落ちる可能性が極めて高いと思います。

(2015/06/15)

(※残念ながら、小西さんは二〇一六年の参議院選挙において千葉県選挙区でまたもや当選してしまいました。ただ、二〇一七年四月に「テロ等準備罪が成立したら本気で国外亡命を考えなければならなくなると覚悟している」と高らかに宣言しましたが、二〇一九年十一月、いまだに亡命していません。)

村山富市と河野洋平

二〇一五年六月九日、村山富市元首相と河野洋平元衆議院議長が、日本記者クラブで対談形式の記者会見を行なったそうです。国内外から三百人の報道陣が詰めかける盛況ぶりだったということですが、そこで二人が語ったことが、もう呆れるほどひどい！

一応、言っておきますが、村山富市は首相時代に韓国に対して、「植民地支配と侵略」を謝罪した「村山談話」を発表したとんでもない首相です。というのは、日本は朝鮮半島を侵略はしていませんし、朝鮮併合は朝鮮政府から頼まれてしたことです。過去の著作でも書きましたが、併合を朝鮮が望んだことは紛れもない事実なので、信じられない方はご自分で調べてみてください。

また植民地支配もしていません。たしかに当時の内務省の文書には朝鮮と台湾は「植民地」と書かれています。しかしそれは文字だけのことで、日本は欧米諸国がやったように植民地の資源を収奪したり、現地人を奴隷のように扱ったりはしていません。むしろその逆で、朝鮮を自国のように豊かな国にしようと頑張ったのです。

多額の税金を投入して、それまで四十しかなかった小学校を朝鮮全土に五千二百も作り、文盲率が九〇パーセント前後あったのを半分以下にし、さらにダム、発電所、道路、鉄道、港湾施設を作ったのです。またほとんどはげ山だった山々に約六億本の木を植え、荒地を開墾し耕地面積を倍に増やし、三十年で朝鮮人の人口と平均寿命を二倍に増やしたのです。これがはたして「植民地支配」と言えるでしょうか。

河野洋平は官房長官時代に「朝鮮人女性を強制的に慰安婦にした」というデタラメを認める「河野談話」を発表した男です。これもここでは詳しくは書きませんが、日本が朝鮮人女性を強制連行した事実はどこにもありません。そんな証拠は左翼が七十年必死で探しているにもかかわらず一切出てきていません。

さて、この「トンデモ元政治家」二人が、対談記者会見でもむちゃくちゃなことを言っています。

二人は「安倍総理が河野談話を見直すなんて言わなければ、日韓の関係悪化には至らなかった」とぬけぬけと言っています。日韓関係を悪くしたのは、デタラメな談話を韓国に頼まれるがままにホイホイ発表したお前たちだろうが、と言いたくなります。二人の談話をたてに、韓国側が日本に無茶苦茶な要求ばかりして、それ以来、日韓関係は修復不可能なくらいダメになってしまったことを何も自覚していません。

しかしもっと呆れたのは、対談で出てきた村山の次の言葉です。

「私は一昨年、中国に招かれて訪問し、何人かの指導者にお会いした。私は率直に言ったんですよ。『人も住んでいない尖閣諸島の問題で、第二の経済大国と第三の経済大国がバチバチやりますか？』と。そうしたら（中国側は）『そんなことは全然考えていません。中国は覇権を求めません。平和を求めます』と言うたんです。だから中国は戦争なんてことは全然考えていません」

もうアホか！　としか言いようがありません。

中国の指導者が「覇権を求めない」「平和を求めます」と言えば、それを無条件で信じる単純さはどこから来るのでしょう。いや、これはもはや「単純」とかいう問題ではありません。超がつくほどの「バカ」です。中国の指導者も内心で「こんなバカが首相をしていたのか」と呆れたに違いありません。

いや、村山さんは人がいいんだよ、と言う人がいるかもしれません。そんな人に言いたい。それならなぜ、「戦争はしない」と言っている安倍総理の言葉を信用しないのですか、と。

同じ日本人の言葉を信用せずに、中国人の言葉を信用する理由が私にはまったくわかりません。しかも日本は戦後七十年間、一度も他国を侵略していません。しかし中国はこの四十年、どんどん他国の領土を奪っています。またチベットやウイグルでは虐殺を行なっています。南シナ海では着々と軍事基地を建設中です。

こんな国が「覇権を求めない」「平和を求める」と言っても、信じる人間などどこにもいないと思うのに、いたのです。しかもそれが元首相です。

いったいこの二人はなぜこんなに中国と韓国が好きなのでしょうか？　よほど中国と韓国からいい目を見させてもらったのでしょうか。そうとしか思えません。

話は変わりますが、聞くところによれば、中国の「ハニートラップ」は、それはそれは凄いらしいです。七十歳の老人でもビンビンにしてしまうほど強烈な薬を使って、目の玉が飛び出るような美女が最高のおもてなしをしてくれるそうです。そのやり方についても、いくつか話を聞いたことがありますが、長くなるので、またいずれ。

あ、ところで、誤解しないでもらいたいのですが、私は何も村山と河野がそれを楽しんだとは書いていません。ふと、ハニートラップのことを思い出したので、書いているだけです。ただ、噂では中国のハニートラップにかかった日本の政治家は少なくないということです。

私もいずれ七十歳になったら、文筆業をやめて政治家になり、中国のハニートラップにかかりたいと思います。それが晩年の夢です。

しかし中国当局に、自分たちの言うことを聞かないとトラップの中身を暴露するぞと脅されても断固拒否します。つまりハニートラップのただ食いをするつもりです。もちろん私のあられもない行為と姿が全国に晒されるでしょうが、それは覚悟の上です。

(2015/06/19)

審議拒否って

二〇一五年五月二十三日、安全保障関連法案の成立を目指した国会会期の延長に対する野党の反発で、衆参両院の審議がストップするというニュースがありました。

野党各党は「戦後最長」(安倍晋三首相)の九十五日間の延長を「非常識」(民主党の枝野幸男幹事長)と批判していますが、そもそも「審議を尽くせ」と言っていたのは民主党ではなかったのでしょうか。

こんな言い方をするのはよくありませんが、安倍政権は強行採決をしようと思えばできる立場にあります。それをしないのは、十分に審議を尽くして、野党議員にも国民にも納得してもらおうという思いだからです。それなのに延長を非常識とはどういうつもりでしょう？

でも、もっと呆れることがありました。

民主党の榛葉賀津也参院国対委員長が、参院自民党の吉田博美国対委員長と会談して、「九十五日間も延長したら国会や党職員の夏季休暇が取れない」と言ったのです。

この発言を見たときは、目を疑いました。これが国会議員の言葉でしょうか。日本という国が、ある意味、戦後もっとも大きな問題を抱えて審議をしている時に、「夏休みが欲しい」などと、よくもまあぬけぬけと言えたものです。

もうこいつらに国の問題を任せるわけにはいかないと思いました。「国防」という国の一大事よりも、自分の夏休みの方を優先するような議員は、即刻やめてもらいたいと、心の底から思いました。そんなに休みが欲しければ、議員など即刻やめて、ずっと休んでいてもらいたいものです。

ああ、本当にニュースを見るたびに、情けない気持ちでいっぱいになります。

中国が日本を標的にして、あらゆる方法で、この国を弱体化させるために着々と動いている一方、民主党の議員の頭の中は「夏休み」でいっぱいなのです。

榛葉賀津也議員――彼がどこの選挙区かは知りませんが、次の選挙には立候補しないでもらいたいです。それが日本のためですし、榛葉さん自身もずっと「お休み」が取れて、双方大満足です。
(2015/06/19)

（※この本を出すにあたって調べると、参議院の静岡選挙区で、二〇一九年の七月に四選されていることがわかりました。おそらく毎年たっぷりと夏休みが取れて、美味しい仕事なのかもしれません。）

民主党のパンフレット

二〇一五年七月、民主党が安保法制に反対するために五十万部（！）も作成したパンフレットが、全部破棄されることになったというニュースがありました。

同党の長島昭久・衆院議員が七月四日、ツイッターで「内容的にも問題多く、何よりも党政調のチェックもないまま各総支部に郵送されてしまったプロセスの問題もあり、全部破棄した上で改めて内容を再検討することとなりました」と報告したのです。

このパンフレットは民主党広報委員会が作成したもので、タイトルは「ママたちへ子どもたちの未来のために…。」というものです。

どうやら小さな子を持つ母親に読ませることを考えて作ったものらしく、イラスト入りになっています。七月三日から街頭や集会などで配る予定だったらしく、五十万部も刷っていたというから大々的なものです。

私もネットでそのパンフレットを読んでみましたが、内容は実に低レベルなものです。「安全保障関連法案が可決されると、日本は戦争に巻き込まれて、大変なことになる」という主張が、まったく論理的でない組み立てで書かれたものでした。

いたずらに人々に戦争の不安をあおるだけのアジビラのようなものです。

どのページも内容は馬鹿馬鹿しいかぎりですが、おそらく今回、破棄になった一番の理由は、「いつかは徴兵制？　募る不安。」という見出しが入ったページではないでしょうか。イラストでは軍服を着て敬礼している若者の隣で、「○△君入営」の旗を持った母親らしき女性が描かれています。

そして本文はこうなっています。

「今回安倍政権は、集団的自衛権の行使を禁止してきた従来の憲法解釈を閣議決定で変更し、限定的行使を可能としました。

そのようなことが許されるなら…。

徴兵制も同じです。

憲法は『苦役』を禁止しているだけで、『徴兵制を禁止する』とは書いていません。徴兵制が禁止されてきたのは、あくまでも政府の憲法解釈によるものです。今回と同じように憲法解釈を閣議決定で変更し、徴兵制は可能であると時々の政権によって解釈が変更される可能性も論理的には否定できないのです」

まあ、事実誤認だらけのツッコミどころ満載の文章ですが、こんなウソで国民をだませると本気で考えているとしたら、これを作成した民主党の人たちの頭の中は大丈夫なのかと本気で心配します。

こんなものを全国で配るなんて、まともな政党ではありません。

しかし民主党の中にもまともな思考回路を持つ人もいたようで、配布直前になって、五十万部のパンフレットはすべて破棄されることになったようです。

五十万部というのはものすごい数です。紙の量も膨大です。そんなゴミくずを大量に作ってしまったのです。まったく地球に優しくない行為です。しかし、もっとひどいゴミくずを毎日大量に刷っている新聞社と比べれば、たいしたことはないのかもしれません。

ここまで書いたところで、民主党はパンフレットの内容を一部変更して、党のホームページに載せたというニュースが入ってきました。私はどの部分が変更されたかは確認していませんが、民主党はこのパンフレットをダウンロードできるようにしたということです。

どうやらもう一度刷り直す予算がなくなったのかもしれません。

(2015/07/03)

レクサスの女

毎度毎度の情けない記事が二〇一五年七月二十七日の新聞に載っていました。

大阪維新の会の女性大阪市議がトヨタ自動車の高級車「レクサス」をローンで購入したのに、自動車リース料の名目で政務活動費の一部を支払いにあてていたというのです。大阪市の市議会では、政務活動に使う自動車のリース費用には政活費を使えるが、自動車の購入には充てられないことになっています。

例の号泣記者会見の議員以来、政務活動費が注目されているのに、高級車のローンにそれを使うとは、本当に情けない議員もいたものです。

「政務活動費」は本来、その議員が政務の活動に使えるお金です。自分の小遣いにしたり、生活費にしたり、私物を買うためのものではありません。しかし多くの議員が実際には公私混同しているようです。例の号泣議員はやりかたがあまりに露骨だったからばれましたが、もっと上手いことやっている議員はいくらでもいると言われています。

去年、兵庫県のある議員は視察旅行に行ったと嘘をついて妻と三泊四日の温泉旅行に行きましたが、これがなぜバレたかと言うと、この夫婦が天草の記念館を訪れた時、四百万人目の入場者ということで表彰され、地元新聞からインタビューを受けていたことで、発覚したのです。運が悪いというか、本当に笑える話ですが、一方で、こういうとでもない限り、温泉旅行に政務活動費が使われても、私たちはわからないということです。

ちなみに政務活動費は兵庫県の場合、五百万円以上。議員の給料が千三百万円以上ありますから、合わせると約二千万円近くあります。たしか大阪市も政務活動費は五百万円以上あったと記憶しています。

五百万円ももらったら、返したくないのは人情です。領収書なんか後で簡単にでっちあげられます。しかしその金は私たちの血税です。つまり政務活動費で私腹を肥やす議員は、私たちの税金を吸う吸血鬼のようなものです。

以前、政務活動費で毎回グリーン車を使っていることを指摘された議員は「到着地での仕事を十分に全うするため」と答えました。冗談じゃない。それなら毎回普通車で出張している多くのサラリーマンは仕事を十分に全うしていないんですかと言いたくなります。要するに他人の金だから遠慮なく使ってやれという意識です。

維新の会の女性市議は、「政活費の計上や報告書の作成は秘書に、自動車の契約は母親にまかせっきりにしていた」と言い訳したようですが、おそらく初めから政務活動費で車を買うつもりだったのでしょう。

また今回の自動車が政務活動に使うものだったとしても、なぜそれが高級車レクサスである必要があるのでしょうか。高級車に乗れる人はほんの一握りの人たちだけですよ。そして、その一握りの人たちの殆どは汗水たらして自分で稼いだお金で乗っています。

（2015/08/07）

政治資金はお小遣い

平成二十六年分の政治資金収支報告書が出されていますが、相変わらず訳のわからない使い道が数多く報告されています。みなさん一体どういう感性をお持ちなのか私には理解ができません。

政治資金という位ですから当然「政治のための資金」であるはずですが、民主党の小見山よしはる参院議員はダイエットジム「RIZAP（ライザップ）」に七十五万円の政治資金を支出していました。その理由を「政治家としてスポーツ振興に取り組んでいる。自ら肉体を絞ることを体験することにより、スポーツをしている人たちと身近になれ、政治活動に活かせると考えた」としています。

こんな言い分が通るのなら、ソープランドに通っても、「性風俗の実態を調査するために、政治資金として使った」という理屈が成り立ちます。要するに、何に使っても、どんな言い訳もできるということです。

また、こちらも民主党の議員ですが小西洋之参院議員は、三百十九万もの政治資金を自分の書いた本を買うために支出していました。この本は自費出版によるもので、内容はいじめについてのようです。

自費出版は著者が一定数を買い取るのがあたりまえということで、千六百冊を購入したと説明しています。その理由は「いじめから子供たちを守るためになんとしても必要だった」とのことですが、それなら別に製本なんてせずコピーを配るなりネットにアップするなりしたほうが、よっぽど伝えることができたんじゃないかと思いますが、どうしても本にしなくてはならない事情が他にあったのでしょうか。

彼らは政治資金を何だと思っているのでしょうか。自分の小遣い感覚なのでしょう。

参議院議員の任期は六年です。その間は、辞任しないかぎり、国民からどれだけ非難をあびようが議員の座を追われることはありません。有権者にしてみれば、クズみたいな議員がいるのを六年も我慢するのは悲しすぎます。そこで、三年毎の半数改選時に、最高裁裁判官の国民審査のように罷免できるシステムを作ったらどうでしょうか。そうすればもっと緊張感をもって仕事をしてくれると思うのですが。


(2015/12/04)

ヤワラちゃん

もうすぐ第二十四回参議院議員通常選挙の投開票が行われます。参議院議員の任期は六年ですが、三年毎に半数が改選されますので、現職の改選議員たちは今からその準備に余念がないでしょう。そんな中、「生活の党」の谷亮子副代表は次の選挙に同党から立候補しないことを表明しました。

その理由が「議員を引退する」「生活の党の理念が自らのものと合致しなくなった」などでしたら何も言うことはありませんが、彼女の場合はそうではありませんでした。

なんと、「生活の党単独の比例代表だと当選することが現状では難しい」からだというのです。

選挙は当選しなければ何の意味もありませんので、落選がわかっていながら出馬する必要はありません。ただ、他党から擁立の打診があった場合は「柔軟に対応したい」とはいったいどういう了見なのでしょうか。つまり彼女は、当選さえ約束してくれたら政党なんかどこでもいいと言っているのです。

六年前の初当選時、旧民主党の人気は絶大でした。民主党の比例名簿の上位にいたら、ほぼ当選が確実だったのです。

今回も当選可能な政党に同じような待遇をしてもらいたくて不出馬表明をしたのです。

日本の政治形態は政党政治といわれる政党を基軸としたものです。そして政党とは共通の政治的目的を持っている者の組織です。すなわち政治家が自分の政治理念と異なる方針をとっている政党に属することはありえないし、あってはいけないのです。

そういえばこの六年間、私の知る限り、谷議員の政治活動に目立ったものは一切ありませんでした。そもそも最初から政治家としての理念など持ち合わせていなかったとしたら、どの政党でもいいというのも頷けます。

谷議員はかつて「ヤワラちゃん」と呼ばれ、オリンピックにも五大会連続出場し、そのすべてでメダルを獲得した（金二個）素晴らしい柔道家でした。畳の上の彼女は実に正々堂々とした佇まいで、日本の誇りそのものでした。しかし、選手時代には国のために日の丸を背負って戦っていた人が、国会議員になったとたんにそれを降ろしていたなんてなんとも皮肉なはなしです。

（2016/06/17）

共産党兼窃盗犯

町立の温泉施設にプラグインハイブリッドタイプの自家用車を乗り付け、そこの駐車場にあるコンセントから充電用の電気を盗もうとしたとして、五十五歳の共産党和歌山県議会議員が窃盗未遂容疑で和歌山地検に書類送検されたというニュースがありました。

この県議は広川町にある温泉施設を訪れた際、入浴前に駐車場内にある自動販売機付近のコンセントに無断で自分の車の充電用プラグを差し込み、知らん顔をしてゆっくりとお風呂を楽しんでいました。ところが一時間ほどが経過したころ、館内がにわかに騒がしくなりました。なんと彼がコンセントにプラグを突っ込んだせいで、ブレーカーが作動し、駐車場の自販機やイルミネーションが停電する騒ぎとなっていたのです。驚いた彼は施設関係者に平謝りしましたが、時既に遅し、騒ぎが大きくなり多くの人の知るところとなってしまいました。

県議は記者会見で「燃費のことを考え、できるだけ電気で走ろうと思った。以前、フロントで許可を得て充電したことがあり、今回は必要ないと思った」と釈明しましたが、コンセント差し込み口の上部には充電しないよう呼びかける紙が張られていただけでなく、施設の管理者側は「これまで充電するとの断りを入れられた従業員はいない」と話していますので、どこまでが本当のことなのか定かではありません。

この記事を読んだ多くの人々は「とんでもないことをする奴もいたもんだな」と客観的に感じていることと思いますが、果たしてそこまで「対岸の火事」と言い切れるのでしょうか。自動車の充電ほど大掛かりではありませんが、喫茶店やホテルのロビー、駅の待合室など街中のいたるところで携帯電話を充電している光景を見かけます。

もちろん新幹線の座席など、それ用のコンセントがある場合は問題ないのですが、どう見ても勝手に使っているケースのほうが多いようです。そのほとんどが「ちょっと位いいじゃないの」「ケチなこと言わないでよ」という軽い気持ちでしょうが、自動車も携帯電話も大小の差はあれ、盗むという行為では同じ事です。簡単に考えていてはいけません。

水は今までもサービスエリアや公園など公共の場で自由に使ってくださいと提供されていましたが、電気は家以外で使う場面がなかったので、店や施設側にしても提供するという概念がありませんでした。しかし、これだけ持ち運びができる電化製品が普及してくると近々に電気の提供も有償無償にかかわらず規制が必要になってくるでしょう。

それまでは、決して「盗んだ」なんて後ろ指さされないように、どうしてもの時は、しっかりと断りをいれてお借りするようにしたいものです。しかし、今は偉そうにこんなことを言っている私も、二十代の頃はビジネスホテルに泊まると、針金を使ってエロビデオを無料で観るというあさましい真似をしていました。反省です。

(2017/03/17)

百田尚樹　1956（昭和31）年大阪市生まれ。作家。著書に『永遠の0』『ボックス！』『風の中のマリア』『影法師』『幸福な生活』『海賊とよばれた男』『大放言』『カエルの楽園』『夏の騎士』など多数。

Ⓢ新潮新書

836

偽善者《ぎぜんしゃ》たちへ

著　者　百《ひゃく》田《た》尚樹《なおき》

2019年11月20日　発行
2019年12月5日　3刷

発行者　佐　藤　隆　信

発行所　株式会社新潮社

〒162-8711　東京都新宿区矢来町71番地
編集部(03)3266-5430　読者係(03)3266-5111
https://www.shinchosha.co.jp

印刷所　錦明印刷株式会社

製本所　錦明印刷株式会社

ISBN978-4-10-610836-5　C0236

価格はカバーに表示してあります。

百田尚樹の本

新潮社

フォルトゥナの瞳

その男には、見たくないものが視えた。他人の「死」が。「運命」が——。生死を賭けた男の選択に涙する、愛と運命の物語。映画化話題作！

（新潮文庫）

大放言

大マスコミ、バカな若者、無能な政治家、偽善の言論……縦横無尽にメッタ斬り！　社会に対する素朴な疑問から大胆すぎる政策提言まで、思考停止の世に一石を投じる論考集。

（新潮新書）

カエルの楽園

平和で豊かな国を求め旅に出た、二匹のアマガエル。だが、辿り着いた理想の国には、奇妙な戒律があった——。大衆社会の愚かさと本質を炙り出した、21世紀の傑作寓話小説。

（新潮文庫）

鋼《はがね》のメンタル

「打たれ強さ」は、鍛えられる。ストレスフルな世の中で、自分の精神を徹底して守り抜く秘訣とは？　ベストセラー作家が初めて明かす、最強のメンタルコントロール術。

（新潮新書）

戦争と平和

日本は絶対に戦争をしてはいけない。この国ほど、戦争に向かない国家はないのだから——。『永遠の0』の著者だからこそ書けた、圧倒的説得力の反戦論。

（新潮新書）

夏の騎士

人生で最も大切なものは、勇気だ。ぼくがそれを手に入れたのは、昭和最後の夏のことだった——。謎をめぐる冒険、一生の友、そして小さな恋。かけがえのないひと夏の物語。

（単行本）